JEANNE D'ARC

PAR J. MICHELET

(1412-1432)

PARIS

LIBRAIRIE DE L. HACHETTE ET Cie

RUE PIERRE-SARRAZIN, N° 14

1883

PRIX : 1 fr. 50 CENT.

BIBLIOTHÈQUE

DES CHEMINS DE FER

DEUXIÈME SÉRIE

HISTOIRE ET VOYAGES

Imprimerie de Ch. Lahure (ancienne maison Crapelet)
rue de Vaugirard, 9, près de l'Odéon.

JEANNE D'ARC

PAR J. MICHELET

(1412—1432)

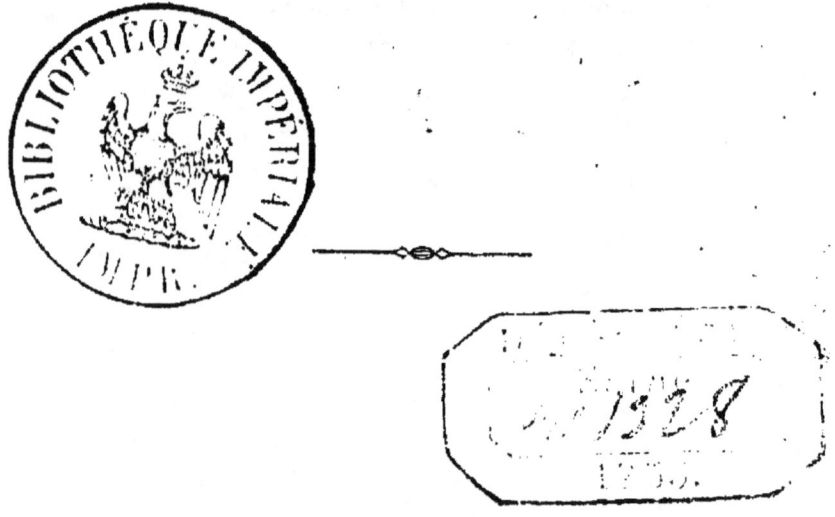

PARIS

LIBRAIRIE DE L. HACHETTE ET Cie
RUE PIERRE-SARRAZIN, N° 14

—

1853

AVIS DES ÉDITEURS.

Nous réimprimons, à peu près sans changement, la *Jeanne d'Arc* de M. Michelet, telle qu'on la lit au cinquième volume de son *Histoire de France*.

Les travaux d'une érudition ingénieuse, pénétrante, parce qu'elle est complète[1], sont venus donner à cette œuvre une nouvelle consécration. Plus les actes originaux ont été connus et compris, plus ils ont confirmé la vérité générale du récit et l'interprétation que l'auteur avait donnée de quelques faits obscurs

1. *Procès de la Pucelle*, publié par M. Jules Quicherat, et précédé d'une Introduction critique; 5 vol. in 8°.

A

INTRODUCTION.

J'entrais un jour chez un homme qui a beaucoup vécu, beaucoup fait et beaucoup souffert. Il tenait à la main un livre qu'il venait de fermer, et semblait plongé dans un rêve; je vis, non sans surprise, que ses yeux étaient pleins de larmes. Enfin, revenant à lui-même : « Elle est donc morte! dit-il. — Qui? — La pauvre Jeanne d'Arc. »

Telle est la force de cette histoire, telle sa tyrannie sur le cœur, sa puissance pour arracher les larmes. Bien dite ou mal contée, que le lecteur soit jeune ou vieux, qu'il soit, tant qu'il voudra, affermi par l'expérience, endurci par la vie, elle le fera pleurer. Hommes, n'en rougissez pas, et ne vous cachez pas d'être hommes. Ici la cause est belle. Nul deuil récent, nul événement personnel n'a droit d'émouvoir davantage un bon et digne cœur.

La vérité, la foi et la patrie ont eu leurs martyrs, et en foule. Les héros eurent leurs dévouements, les saints leur Passion. Le monde a admiré, et l'Église a prié. Ici c'est autre chose. Nulle canonisation, ni culte, ni autel. On n'a pas prié, mais on pleure.

L'histoire est telle :

Une enfant de douze ans, une toute jeune fille, confondant la voix de son cœur avec la voix du ciel, conçoit l'idée étrange, improbable, absurde, si l'on veut, d'exécuter la chose que les hommes ne peuvent plus faire, de sauver son pays. Elle couve cette idée pendant six ans sans la confier à personne; elle n'en dit rien même à sa mère, rien à nul confesseur. Sans nul appui de prêtre ou de parents, elle marche tout ce temps seule avec Dieu dans la solitude de son grand dessein. Elle attend qu'elle ait dix-huit ans, et alors immuable, elle l'exécute malgré les siens et malgré tout le monde. Elle traverse la France ravagée et déserte, les routes infestées de brigands; elle s'impose à la cour de Charles VII, se jette dans la guerre; et dans les camps qu'elle n'a jamais vus, dans les combats rien ne l'étonne; elle plonge intrépide au milieu des épées; blessée toujours, découragée jamais, elle rassure les vieux soldats, entraîne tout le peuple qui devient soldat avec elle, et personne n'ose plus avoir peur de rien. Tout est sauvé ! La pauvre fille, de sa chair pure et sainte, de ce corps délicat et tendre, a émoussé le fer, brisé l'épée ennemie, couvert de son sein le sein de la France.

La récompense, la voici. Livrée en trahison, outragée des barbares, tentée des pharisiens qui essayent en vain de la prendre par ses paroles, elle résiste à tout en ce dernier combat, elle monte au-dessus d'elle-même, éclate en paroles sublimes, qui feront pleurer éternellement.... Abandonnée et de son roi et du peuple qu'elle a sauvés, par le cruel chemin des flammes, elle revient dans le sein de Dieu. Elle n'en fonde pas moins sur l'échafaud le droit de la conscience, l'autorité de la voix intérieure.

Nul idéal qu'avait pu se faire l'homme, n'a approché de cette très-certaine réalité.

Ce n'est pas ici un docteur, un sage éprouvé par la vie, un martyr fort de ses doctrines, qui pour elles accepte la mort. C'est une fille, une enfant, qui n'a de force que son cœur.

Le sacrifice n'est pas accepté et subi; la mort n'est point passive. C'est un dévouement voulu, prémédité, couvé longues années; une mort active, héroïque et persévérante, de blessure en blessure, sans que le fer décourage jamais, jusqu'à l'affreux bûcher.

Sa sublime ignorance enfin qui fit taire toute science en sa dernière épreuve, et rendit muets les docteurs, c'est là un trait unique devant qui tout s'efface. Les vrais sages ici et les savants du cœur ne diront pas comme Moïse : « Dieu a passé.... Je l'ai vu par derrière. » Ils diront : « Le voici.... Cette lueur est le regard de Dieu. »

Ce mystère est fait pour confondre! Comment en saurions-nous la source, si elle-même ne l'eût révélée?

Quand on lui demanda à cette fille jeune et simple qui n'avait rien fait que coudre et filer pour sa mère, comment elle avait pris sur elle de se faire homme,

malgré les commandements de l'Église, comment
elle avait fait l'effort (elle si timide et rougissante) de
s'en aller parler aux soldats, de les mener, les com-
mander, les réprimander, les forcer de combattre....

Elle ne dit qu'un mot :

« *La Pitié* qu'il y avoit au royaume de France. »

Touchant secret de femme ! La Pitié fut si grande
en elle qu'elle n'eut plus pitié d'elle-même, qu'elle
fit ce souverain effort de s'arracher à sa nature ; elle
souffrit tant des maux des autres, et fut si tendre,
qu'elle en fut intrépide, et brava tous les maux.

Tout ceci se comprendra mieux, si du point élevé
où nous place sa légende, nous voulons bien descendre, si nous observons un moment la sombre
et laide époque, le monde de profonde boue, d'où
surgit l'extraordinaire apparition. Mais comment *un
moment* donnera-t-il l'idée de la continuité éternelle,
d'une guerre sans fin, sans but et sans idée?

Lorsque, des nobles historiens du XIV⁰ siècle, on
tombe au barbare et grossier chroniqueur qui ouvre
le XV⁰ (le Bourgeois de Paris), la chute est lourde ; on
entre dans la pesante matérialité, dans un monde
misérable et bas, qui ne sent qu'une chose, la faim.
Ce triste chroniqueur n'est inquiet que du prix des
denrées, de savoir s'il pourra se remplir ; le pain
est cher, les légumes ont manqué, les vignes ont
gelé, etc., etc. Notre grenier, la Beauce, n'est plus
qu'une forêt. La misère, les épidémies ont tué cent
mille âmes dans Paris. En récompense, d'autres ha-

bitants y viennent la nuit, les loups, insolents, impudents et ne craignant plus rien. Parmi leurs hurlements, des cris funèbres d'agonisants qui crient dans les longues nuits d'hiver : « Je meurs de faim ! de froid ! » Des vingt et trente enfants aux coins des bornes, sans parents, sans soin ni secours, couché sur les ordures, cherchant leur vie dans le fumier....

Monde de damnation ! Le laboureur, pillé à mort, laisse là tout, quitte femme et enfants ; qu'ils meurent de faim s'ils veulent. Il se jette au bois, et se fait brigand, prenant pour maître et capitaine, le Diable, seul roi visible d'une terre maudite.

Hélas ! où Dieu est-il ? Et, parmi tant de morts, la Pitié aussi est-elle morte ?

Elle vivait au cœur d'une femme.

Tout le fond de ce cœur est dans ces mots naïfs, d'accent profond :

« La Pitié qu'il y avoit *au royaume de France !* »

« Je n'ai jamais vu *sang de François* que mes cheveux ne levassent. »

Et encore (n'ayant pas été avertie d'une bataille) : « Méchants, vous ne me diriez donc pas qu'on répandît *le sang de France !* »

Ce mot qui va au cœur, c'est la première fois qu'on le dit. Pour la première fois, on le sent, la France est aimée comme une personne. Et elle devient telle, du jour qu'elle est aimée.

C'était jusque-là une réunion de provinces, un vaste chaos de fiefs, grand pays, d'idée vague. Mais, dès ce jour, par la force du cœur, elle est une Patrie.

Beau mystère! touchant, sublime! Comment l'amour immense et pur d'un jeune cœur, embrassa tout un monde, lui donna cette seconde vie, la vraie vie que l'amour seul donne.

Enfant, elle aimait toute chose, disent les témoins de son jeune âge. Elle aimait jusqu'aux animaux; les oiseaux se fiaient à elle, jusqu'à lui venir manger dans la main. Elle aimait ses amies, ses parents, mais surtout les pauvres.... Or, le pauvre des pauvres, la plus misérable personne et la plus digne de pitié, en ce moment, c'était la France.

Elle aima tant la France!... Et la France touchée, se mit à s'aimer elle-même.

On le voit dès le premier jour qu'elle paraît devant Orléans. Tout le peuple oublie son péril; cette ravissante image de la Patrie, vue pour la première fois, le saisit et l'entraîne; il sort hardiment hors des murs, il déploie son drapeau, il passe sous les yeux des Anglais qui n'osent sortir de leurs bastilles.

Souvenons-nous toujours, Français, que la Patrie chez nous est née du cœur d'une femme, de sa tendresse et de ses larmes, du sang qu'elle a donné pour nous.

JEANNE D'ARC.

I.

Enfance et vocation de Jeanne.

Ce qui fait de Jeanne d'Arc une figure éminemment originale, ce qui la sépare de la foule des enthousiastes qui dans les âges d'ignorance entraînèrent les masses populaires, c'est que ceux-ci pour la plupart durent leur puissance à une force contagieuse de vertige. Elle, au contraire, eut action par la vive lumière qu'elle jeta sur une situation obscure, par une force singulière de bon sens et de bon cœur.

Le nœud que les politiques et les incrédules ne pouvaient délier, elle le trancha. Elle déclara, au nom de Dieu, que Charles VII était l'héritier; elle le rassura sur sa légitimité dont il doutait lui-même. Cette légitimité, elle la sanctifia, menant son roi droit à Reims, et gagnant de vitesse sur les Anglais l'avantage décisif du sacre.

Il n'était pas rare de voir les femmes prendre les armes. Elles combattaient souvent dans les

siéges[1], témoin les trente femmes blessées à
Amiens[2], témoin Jeanne Hachette. Au temps de
la Pucelle et dans les mêmes années, les femmes
de Bohême se battaient comme les hommes, dans
les guerres des hussites[3].

L'originalité de la Pucelle, je le répète, ne fut
pas non plus dans ses visions. Qui n'en avait au
moyen âge? Même dans ce prosaïque xve siècle,
l'excès des souffrances avait singulièrement exalté
les esprits. Nous voyons, à Paris, un frère Richard remuer tout le peuple par ses sermons,
au point que les Anglais finirent par le chasser de
la ville[4]. Le carme breton Conecta était écouté à
Courtrai, à Arras, par des masses de quinze ou
vingt mille hommes[5]. Dans l'espace de quelques
années, avant et après la Pucelle, toutes les provinces ont leurs inspirés. C'est une Pierrette bre-

1. Les exemples seraient innombrables. Citons seulement les
dames de Lalaing (1452, 1581). La seconde défendit Tournai contre le plus grand capitaine du xvie siècle, le prince de Parme.
Reiffenberg, notes sur l'édition belge (6e édition) de Barante,
V, 341.

2. Voy. tome II de notre *Histoire de France.*

3. « Et armoient les femmes, ainsi que diables, pleines de toutes
cruautés, et en furent trouvées plusieurs mortes et occises aux ren-
contres. » Monstrelet, t. IV, p. 366.

4. *Journal du Bourgeois de Paris,* t. XV, p. 119-122. D'Arti-
gny, Voltaire et Beaumarchais, ont cru que ce Richard pouvait
avoir endoctriné Jeanne d'Arc. Voy. la réfutation péremptoire de
M. Berriat-Saint-Prix, dans son *Histoire de la Pucelle,* p. 242-3.

5. Meyer, *Annales rerum Flandricarum,* f. 271 verso.

tonne qui converse avec Jésus-Christ[1]. C'est une Marie d'Avignon[2], une Catherine de la Rochelle[3]. C'est un petit berger, que Saintrailles amène de son pays, lequel a des stigmates aux pieds et aux mains[4], et qui sue du sang aux saints jours, comme nous voyons aujourd'hui la béate du Tyrol[5].

La Lorraine était, ce semble, l'une des dernières provinces où un tel phénomène eût dû se présenter. Les Lorrains sont braves, batailleurs, mais volontiers intrigants et rusés. Si le grand Guise servit la France, avant de la troubler, ce ne fut pas par des visions. Nous trouvons deux Lorrains au siége d'Orléans, et tous deux y déploient le naturel facétieux de leur spirituel compatriote Callot; l'un est le canonnier maître Jean qui faisait si bien le mort; l'autre est un chevalier qui fut pris par les Anglais, chargé de fers, et qui à leur départ revint à cheval sur un moine anglais[6].

La Lorraine des Vosges a, il est vrai, un carac-

---

1. «De Bretaigne bretonnant.» *Journal du Bourgeois de Paris*, t. XV, p. 134? 1430.

2. *Notices des mss.*, t. III, p. 347.

3. Procès, éd. Buchon, 1827, p. 87.

4. *Journal du Bourgeois*, t. XV, p. 411, 1430. Jean Chartier, p. 47.

5. Voy. la *Mystique chrétienne* de J. Goerres, et les articles de M. Guido Goerres dans la *Revue de Munich*. Historisch-politische Blaetter, 1839. Quelque éloigné que ce point de vue puisse être du nôtre, nous devons la plus sérieuse attention à des faits si curieux.

6. *Histoire au vray du siége*, p. 92, éd. 1606.

tère plus grave. Cette partie élevée de la France
d'où descendent de tous côtés des fleuves vers
toutes les mers, était couverte de forêts, forêts
vastes et telles que les Carlovingiens les jugeaient
les plus dignes de leurs chasses impériales. Dans
les clairières de ces forêts, s'élevaient les vénéra-
bles abbayes de Luxeuil et de Remiremont; celle-
ci, comme on sait, gouvernée par une abbesse
qui était princesse du Saint-Empire, qui avait ses
grands officiers, toute une cour féodale, qui faisait porter par son sénéchal l'épée nue devant
elle. Cette royauté de femme avait eu pour vassal,
et pendant longtemps, le duc de Lorraine.

Ce fut justement entre la Lorraine des Vosges et
celle des plaines, entre la Lorraine et la Champagne, que naquit, à Domremy, la belle et brave
fille qui devait porter si bien l'épée de la France.

Il y a quatre Domremy le long de la Meuse
dans un cercle de dix lieues, trois du diocèse de
Toul, un de celui de Langres[1]. Probablement, ces
quatre villages étaient, dans des temps plus an-
ciens, des domaines de l'abbaye de Saint-Remy de
Reims[2]. Nos grandes abbayes avaient, comme on

1. Il y a encore un Domremy, mais plus loin de la Meuse.
2. Un diplôme de 1090 compte Domremy-la-Pucelle parmi les
propriétés de l'abbaye. M. Varin, *Archives administratives de
Reims*, p. 242. Depuis, cette propriété fut aliénée ; mais la cure du
village semble être restée longtemps à la nomination du monastère
de Saint-Remy (M. Varin, d'après D. Martel, *Hist. mss. de Reims*).

sait, dans les temps carlovingiens, des possessions bien plus éloignées, jusqu'en Provence, jusqu'en Allemagne, jusqu'en Angleterre[1].

Cette ligne de la Meuse est la marche de Lorraine et de Champagne, tant disputée entre le roi et le duc. Le père de Jeanne, Jacques Darc[2] était un digne Champenois[3]. Jeanne tint sans doute de son père; elle n'eut point l'âpreté lorraine, mais bien plutôt la douceur champenoise, la naïveté mêlée de sens et de finesse, comme vous la trouvez dans Joinville.

Quelques siècles plus tôt, Jeanne serait née serve de l'abbaye de Saint-Remy; un siècle auparavant, serve du sire de Joinville. Il était en effet seigneur de la ville de Vaucouleurs dont le village de Domremy dépendait. Mais en 1335, le roi obligea les Joinville de lui céder Vaucouleurs[4].

Ce fait est plus important qu'il ne semble. La Pucelle étant née dans un ancien fief de Saint-Remy, on comprend mieux pourquoi l'idée de Reims, l'idée du sacre domina toute sa mission. Elle n'appela Charles VII que *dauphin*, jusqu'à ce qu'il fût sacré.

1. Voy. entre autres ouvrages, la savante introduction de M. Varin. *Archives de Reims*, p. 23-24.

2. C'est l'orthographe que suit Jean Hordal, descendant d'un frère de la Pucelle. Hordal, *Johannæ Darc historia*, 1612, in-4°. Dès lors on ne peut guère tirer ce nom du village d'Arc.

3. De Montier-en-Der. — Un Allemand vient, dit-on, de trouver moyen de donner à cette famille une illustre origine italienne.

4. Charles V l'unit inséparablement à la couronne en 1365. « On voit encore en Champagne, près de Vaucouleurs, de grosses pierres que l'empereur Albert et Philippe le Bel firent planter

C'était alors le grand passage de la Champagne à la Lorraine, la droite route d'Allemagne, non-seulement la route d'Allemagne, mais aussi celle des bords de la Meuse, la croix des routes. C'était encore, pour ainsi dire, la frontière des partis ; il y avait près de Domremy un dernier village du parti bourguignon, tout le reste était pour Charles VII.

Cette marche de Lorraine et de Champagne avait en tout temps cruellement souffert de la guerre ; longue guerre entre l'est et l'ouest, entre le roi et le duc, pour la possession de Neufchâteau et des places voisines ; puis guerre du nord au sud, entre les bourguignons et les armagnacs. Le souvenir de ces guerres sans pitié n'a pu s'effacer jamais. On montrait naguère encore, près de Neuf-château, un arbre antique au nom sinistre, dont les branches avaient sans doute porté bien des fruits humains : *Le chêne des partisans.*

Les pauvres gens des marches avaient l'honneur d'être sujets directs du roi, c'est-à-dire qu'au fond ils n'étaient à personne, n'étaient appuyés, ni ménagés de personne, qu'ils n'avaient de seigneur, de protecteur que Dieu. Les populations sont sérieuses dans une telle situation ; elles savent

pour servir de bornes à leurs empires. » *Dict. géogr. de Vosgien,* chanoine de Vaucouleurs, éd. 1767. Lebrun de Charmettes, t. I, p. 323.

qu'elles n'ont à compter sur rien, ni sur les biens, ni sur la vie. Elles labourent, et le soldat moissonne. Nulle part le laboureur ne s'inquiète davantage des affaires du pays; personne n'y a plus d'intérêt; il en sent si rudement les moindres contre-coups! Il s'informe, il tâche de savoir, de prévoir; du reste, il est résigné, quoi qu'il arrive, il s'attend à tout, il est patient et brave. Les femmes même le deviennent; il faut bien qu'elles le soient, parmi tous ces soldats, sinon pour leur vie, au moins pour leur honneur, comme la belle et robuste Dorothée de Gœthe.

Jeanne était la troisième fille d'un laboureur[1], Jacques *Darc* ou d'Arc et d'Isabelle *Romée*[2]. Elle eut deux marraines, dont l'une l'appelait *Jeanne,* l'autre *Sibylle.*

Le fils aîné avait été nommé *Jacques,* un autre *Pierre.* Les pieux parents donnèrent à l'une de leurs filles le nom plus élevé de saint *Jean*[3].

1. On voit encore aujourd'hui, au-dessus de la porte de la chaumière qu'habita Jeanne d'Arc, trois écussons sculptés : celui de Louis XI, qui fit embellir la chaumière; celui qui fut donné sans doute à l'un des frères de la Pucelle avec le surnom de Du Lis; et un troisième écusson qui porte une étoile et trois *socs de charrue* pour exprimer la mission de la Pucelle et l'humble condition de ses parents. Vallet, *Mémoire adressé à l'Institut historique, sur le nom de la famille de la Pucelle.*

2. Le nom de *Romée* était souvent pris au moyen âge par ceux qui avaient fait le pèlerinage de Rome.

3. Ce prénom est celui d'un grand nombre d'hommes célèbres du moyen âge : Jean de Parme, auteur supposé de l'Évangile

Tandis que les autres enfants allaient avec le père travailler aux champs ou garder les bêtes, la mère tint Jeanne près d'elle, l'occupant à coudre ou à filer [1]. Elle n'apprit ni à lire, ni à écrire; mais elle sut tout ce que savait sa mère des choses saintes [2]. Elle reçut sa religion, non comme une leçon, une cérémonie, mais dans la forme populaire et naïve d'une belle histoire de veillée, comme la foi simple d'une mère.... Ce que nous recevons ainsi avec le sang et le lait, c'est chose vivante, et la vie même.

éternel, Jean Fidenza (saint Bonaventure), Jean Gerson, Jean Petit, Jean d'Occam, Jean Huss, Jean Calvin, etc. Il semble annoncer dans les familles qui le donnaient à leurs enfants une sorte de tendance mystique. Le choix du nom a une singulière importance dans tous les âges religieux (voy. mes *Origines du droit*), à plus forte raison chez les chrétiens du moyen âge, qui plaçaient l'enfant sous le patronage du saint dont il portait le nom. J'ai parlé déjà au tome II de l'*Histoire de France* (chap. I), du nom de Jean, et au tome IV de l'opposition de Jean et de Jacques.

1. « Interrogée se elle avoit apprins aucun art ou mestier, dist : Que ouï et que sa mère lui avoit apprins à cousdre, et qu'elle ne cuidoit point qu'il y eust femme dans Rouen qui lui en sceust apprendre aucune chose. Ne alloit point aux champs garder les brebis ne autres bestes.... — Depuis qu'elle a esté grande et qu'elle a eu entendement, ne les gardoit pas...; mais de son jeune âge, se elle les gardoit ou non, n'en a pas la mémoire. » Procès, interrogatoire des 22 et 24 février 1431, p. 58, 69, éd. Buchon, 1827. Le témoignage de Jeanne me paraît devoir être préféré à celui des témoins du second procès, qui d'ailleurs parlent si longtemps après.

2. « Que autre personne que sadite mère ne lui apprint sa créance. » *Ibidem*, interrog. du 22 février, p. 55.

Nous avons sur la piété de Jeanne un touchant témoignage, celui de son amie d'enfance, de son amie de cœur, Haumette, plus jeune de trois ou quatre ans. « Que de fois, dit-elle, j'ai été chez son père, et couché avec elle, de bonne amitié[1].... C'était une bien bonne fille, simple et douce. Elle allait volontiers à l'église et aux saints lieux. Elle filait, faisait le ménage, comme font les autres filles.... Elle se confessait souvent. Elle rougissait, quand on lui disait qu'elle était trop dévote, qu'elle allait trop à l'église. » Un laboureur, appelé aussi en témoignage, ajoute qu'elle soignait les malades, donnait aux pauvres. « Je le sais bien, dit-il ; j'étais enfant alors, et c'est elle qui m'a soigné. »

Tout le monde connaissait sa charité, sa piété. Ils voyaient bien que c'était la meilleure fille du village. Ce qu'ils ignoraient, c'est qu'en elle la vie d'en haut absorba toujours l'autre et en supprima le développement vulgaire. Elle eut, d'âme et de corps, ce don divin de rester enfant. Elle grandit, devint forte et belle, mais elle ignora toujours les misères physiques de la femme[2]. Elles lui furent

---

1. « Stetit et jacuit amorose in domo patris sui. » Déposition d'Haumette, Procès ms. de Révision.

2. « A ouy dire à plusieurs femmes que la ditte Pucelle.... onques n'avoit eu.... » Déposition de son vieil écuyer, Jean Daulon, Procès ms. de Révision.

épargnées, au profit de la pensée et de l'inspiration religieuse. Née sous les murs mêmes de
l'église, bercée du son des cloches et nourrie de
légendes, elle fut une légende elle-même, rapide
et pure, de la naissance à la mort.

Elle fut une légende vivante.... Mais la force de
vie, exaltée et concentrée, n'en devint pas moins
créatrice. La jeune fille, à son insu, *créait*, pour
ainsi parler, et *réalisait* ses propres idées, elle en
faisait des êtres, elle leur communiquait, du trésor de sa vie virginale, une splendide et toute-
puissante existence, à faire pâlir les misérables
réalités de ce monde.

Si *poésie* veut dire *création*, c'est là sans doute
la poésie suprême. Il faut savoir par quels degrés
elle en vint jusque-là, de quel humble point de
départ.

Humble à la vérité, mais déjà poétique. Son
village était à deux pas des grandes forêts des
Vosges. De la porte de la maison de son père, elle
voyait le vieux bois *des chênes*[1]. Les fées hantaient
ce bois ; elles aimaient surtout une certaine fontaine près d'un grand hêtre qu'on nommait l'arbre
des fées, des *dames*[2]. Les petits enfants y suspen-
daient des couronnes, y chantaient. Ces anciennes

---

1. « Que on voit de l'huys de son père. » Procès, interrog. du
24 février 1431, p. 71, éd. Buchon, 1827.
2. *Ibidem*, p. 69.

dames et maîtresses des forêts ne pouvaient plus, disait-on, se rassembler à la fontaine; elles en avaient été exclues pour leurs péchés[1]. Cependant l'Église se défiait toujours des vieilles divinités locales; le curé, pour les chasser, allait chaque année dire une messe à la fontaine.

Jeanne naquit parmi ces légendes, dans ces rêveries populaires. Mais le pays offrait à côté une tout autre poésie, celle-ci, sauvage, atroce, trop réelle, hélas! la poésie de la guerre.... La guerre! ce mot seul dit toutes les émotions; ce n'est pas tous les jours sans doute l'assaut et le pillage, mais bien plutôt l'attente, le tocsin, le réveil en sursaut, et dans la plaine au loin le rouge sombre de l'incendie.... État terrible, mais poétique; les plus prosaïques des hommes, les Écossais du bas pays, se sont trouvés poëtes parmi les hasards du *border*; de ce désert sinistre, qui semble encore maudit, ont pourtant germé les ballades, sauvages et vivaces fleurs.

Jeanne eut sa part dans ces romanesques aventures. Elle vit arriver les pauvres fugitifs, elle aida, la bonne fille, à les recevoir; elle leur cédait son lit et allait coucher au grenier. Ses parents furent aussi une fois obligés de s'enfuir. Puis, quand le flot des brigands fut passé, la famille re-

---

1. « Propter earum peccata. » Procès de Révision, déposition de Béatrix.

vint et retrouva le village saccagé, la maison dé-
vastée, l'église incendiée.

Elle sut ainsi ce que c'est que la guerre. Elle
comprit cet état antichrétien, elle eut horreur de
ce règne du diable, où tout homme mourait en
péché mortel. Elle se demanda si Dieu permettrait
cela toujours, s'il ne mettrait pas un terme à ces
misères, s'il n'enverrait pas un libérateur, comme
il l'avait fait si souvent pour Israël, un Gédéon,
une Judith?... Elle savait que plus d'une femme
avait sauvé le peuple de Dieu, que dès le commencement il avait été dit que la femme écraserait
le serpent. Elle avait pu voir au portail des églises
sainte Marguerite, avec saint Michel, foulant aux
pieds le dragon[1].... Si comme tout le monde disait, la perte du royaume était l'œuvre d'une
femme, d'une mère dénaturée, le salut pouvait
bien venir d'une fille. C'est justement ce qu'annon-
çait une prophétie de Merlin; cette prophétie, en-
richie, modifiée selon les provinces, était devenue
toute lorraine dans le pays de Jeanne d'Arc. C'était
une pucelle des marches *de Lorraine* qui devait
sauver le royaume[2]. La prophétie avait pris pro-

1. Voy. les actes des Bollandistes, au 20 juillet. Sainte Marguerite voit apparaître le diable sous la forme d'un dragon; elle le
met en fuite par un signe de croix. Elle s'échappe de la maison de
son mari *en habit d'homme* : « Tonsis crinibus in virili habitu. »
Legenda aurea Sanctorum, cap. CXLVI, éd. 1489.

2. Cette Pucelle devait venir du bois *chenu;* or il se trouvait

bablement cet embellissement, par suite du mariage récent de René d'Anjou avec l'héritière du duché de Lorraine, qui, en effet, était très-heureux pour la France.

Un jour d'été, jour de jeûne, à midi, Jeanne étant au jardin de son père, tout près de l'église[1], elle vit de ce côté une éblouissante lumière, et elle entendit une voix : « Jeanne, sois bonne et sage enfant; va souvent à l'église. » La pauvre fille eut grand'peur.

Une autre fois, elle entendit encore la voix, vit la clarté, mais dans cette clarté de nobles figures dont l'une avait des ailes et semblait un sage prud'homme. Il lui dit : « Jeanne, va au secours du roi de France, et tu lui rendras son royaume. » Elle répondit, toute tremblante : « Messire, je ne suis qu'une pauvre fille; je ne saurais chevaucher[2], ni conduire les hommes d'armes. » La voix répliqua : « Tu iras trouver M. de Baudricourt, capitaine de Vaucouleurs, et il te fera mener au roi. Sainte Catherine et sainte Marguerite viendront t'assister. » Elle resta stupéfaite et en

un bois appelé ainsi à la porte même du village de Jeanne d'Arc : « Quod debebat venire puella ex quodam nemore *canuto* ex partibus Lotharingiæ. » Déposit. du premier témoin de l'enquête de Rouen. *Notices des mss.*, t. III, p. 347.

1. Procès, interrogat. du 22 février, p. 59, édition Buchon, 1827.

2. *Ibidem.*

15   *b*

larmes, comme si elle eût déjà vu sa destinée
tout entière.

Le prud'homme n'était pas moins que saint Michel, le sévère archange des jugements et des batailles. Il revint encore, lui rendit courage, « et
lui raconta la pitié qui estoit au royaume de
France[1]. » Puis vinrent les blanches figures de
saintes, parmi d'innombrables lumières, la tête
parée de riches couronnes, la voix douce et atten-
drissante, à en pleurer. Mais Jeanne pleurait surtout quand les saintes et les anges la quittaient.
« J'aurais bien voulu, dit-elle, que les anges
m'eussent emportée[2].... »

Si elle pleurait, dans un si grand bonheur, ce
n'était pas sans raison. Quelque belles et glorieu-
ses que fussent ces visions, sa vie dès lors avait
changé. Elle qui n'avait entendu jusque-là qu'une
voix, celle de sa mère, dont la sienne était l'écho,
elle entendait maintenant la puissante voix des anges !... Et que voulait la voix céleste? Qu'elle dé-
laissât cette mère, cette douce maison. Elle qu'un
seul mot déconcertait[3], il lui fallait aller parmi les
hommes, parler aux hommes, aux soldats. Il fallait qu'elle quittât pour le monde, pour la guerre,

---

1. Procès, interrog. du 15 mars, p. 123, éd. Buchon, 1827.
2. *Ibidem*, 27 février, p. 75.
3. « Sæpe habebat verecundiam, » etc. Procès ms. de Révision,
déposition de Haumette.

ce petit jardin sous l'ombre de l'église, où elle n'entendait que les cloches[1] et où les oiseaux mangeaient dans sa main. Car tel était l'attrait de douceur qui entourait la jeune sainte ; les animaux et les oiseaux du ciel venaient à elle[2], comme jadis aux pères du désert, dans la confiance de la paix de Dieu.

Jeanne ne nous a rien dit de ce premier combat qu'elle soutint. Mais il est évident qu'il eut lieu et qu'il dura longtemps, puisqu'il s'écoula cinq années entre sa première vision et sa sortie de la maison paternelle.

Les deux autorités, paternelle et céleste, commandaient des choses contraires. L'une voulait qu'elle restât dans l'obscurité, dans la modestie et le travail, l'autre qu'elle partît et qu'elle sauvât le royaume. L'ange lui disait de prendre les armes. Le père, rude et honnête paysan, jurait que, si sa fille s'en allait avec les gens de guerre, il la noierait plutôt de ses propres mains[3]. De part ou d'autre, il fallait qu'elle désobéît. Ce fut là sans doute son plus grand combat ; ceux qu'elle soutint contre les Anglais ne devaient être qu'un jeu à côté.

---

1. Elle avait une sorte de passion pour le son des cloches : « Promiserat dare lanas.... ut diligentiam haberet pulsandi. » Procès ms. de Révision, déposition de Périn.

2. *Journal du Bourgeois de Paris*, t. XV, p. 387, éd. 1827.

3. Procès, interrog. du 12 mars, éd. 1827, p. 97.

Elle trouva dans sa famille, non pas seulement résistance, mais tentation. On essaya de la marier, dans l'espoir de la ramener aux idées qui semblaient plus raisonnables. Un jeune homme du village prétendit qu'étant petite, elle lui avait promis mariage; et comme elle le niait, il la fit assigner devant le juge ecclésiastique de Toul. On pensait qu'elle n'oserait se défendre, qu'elle se laisserait plutôt condamner, marier. Au grand étonnement de tout le monde, elle alla à Toul, elle parut en justice, elle parla, elle qui s'était toujours tue.

Pour échapper à l'autorité de sa famille, il fallait qu'elle trouvât dans sa famille même quelqu'un qui la crût; c'était le plus difficile. Au défaut de son père, elle convertit son oncle à sa mission. Il la prit avec lui, comme pour soigner sa femme en couche. Elle obtint de lui qu'il irait demander pour elle l'appui du sire de Baudricourt, capitaine de Vaucouleurs. L'homme de guerre reçut assez mal le paysan, et lui dit qu'il n'y avait rien à faire, sinon de la ramener chez son père, « bien souffletée[1] ». Elle ne se rebuta pas; elle voulut partir, et il fallut bien que son oncle l'accompagnât. C'était le moment décisif; elle quittait pour toujours le village et la famille;

---

1. « Daret ei alapas. » *Notices des mss.*, t. III, p. 301.

elle embrassa ses amies, surtout sa petite bonne
amie Mengette, qu'elle recommanda à Dieu; mais
pour sa grande amie et compagne, Haumette,
celle qu'elle aimait le plus, elle aima mieux partir
sans la voir[1].

Elle arriva donc dans cette ville de Vaucouleurs,
avec ses gros habits rouges de paysanne[2], et alla
loger avec son oncle chez la femme d'un charron,
qui la prit en amitié. Elle se fit mener chez Baudricourt, et lui dit avec fermeté : « Qu'elle venait
vers lui de la part de son Seigneur, pour qu'il
mandât au dauphin de se bien maintenir, et qu'il
n'assignât point de bataille à ses ennemis, parce
que son Seigneur lui donnerait secours dans la
mi-carême.... Le royaume n'appartenait pas au
dauphin, mais à son Seigneur; toutefois son Seigneur voulait que le dauphin devînt roi, et qu'il
eût ce royaume en dépôt. » Elle ajoutait que malgré les ennemis du dauphin, il serait fait roi, et
qu'elle le mènerait sacrer.

Le capitaine fut bien étonné; il soupçonna qu'il
y avait là quelque diablerie. Il consulta le curé,
qui apparemment eut les mêmes doutes. Elle n'a-
vait parlé de ses visions à aucun homme d'église[3].

---

1. « Nescivit recessum.... Multum flevit... » Procès ms. de
Révision, déposition d'Haumette.

2. « Pauperibus vestibus rubeis. » *Ibidem*, dép. de Jean de Metz.

3. Procès, interrog. du 12 mars, p. 97, éd. 1827.

Le curé vint donc avec le capitaine dans la maison
du charron; il déploya son étole et adjura Jeanne
de s'éloigner, si elle était envoyée du mauvais esprit[1].

Mais le peuple ne doutait point; il était dans
l'admiration. De toutes parts on venait la voir. Un
gentilhomme lui dit pour l'éprouver : « Eh bien!
ma mie, il faut donc que le roi soit chassé et que
nous devenions Anglais. » Elle se plaignit à lui du
refus de Baudricourt : « Et cependant, dit-elle,
avant qu'il soit la mi-carême, il faut que je sois
devers le roi, dussé-je, pour m'y rendre, user
mes jambes jusqu'aux genoux. Car personne au
monde, ni rois, ni ducs, ni fille du roi d'Écosse,
ne peuvent reprendre le royaume de France, et il
n'y a pour lui de secours que moi-même, quoique
j'aimasse mieux rester à filer près de ma pauvre
mère, car ce n'est pas là mon ouvrage; mais il
faut que j'aille et que je le fasse, parce que mon
Seigneur le veut. — Et quel est votre Seigneur? —
C'est Dieu!... » Le gentilhomme fut touché. Il lui
promit « par sa foi, la main dans la sienne, que
sous la conduite de Dieu, il la mèneroit au roi. »
Un jeune gentilhomme se sentit aussi toucher et
déclara qu'il suivrait cette sainte fille.

---

1. « Apportaverat stolam.... adjuraverat. » *Ibidem*, déposition de
Catherine, femme du charron.

Il paraît que Baudricourt envoya demander l'autorisation du roi[1]. En attendant il la conduisit chez le duc de Lorraine qui était malade et voulait la consulter. Le duc n'en tira rien que le conseil d'apaiser Dieu en se réconciliant avec sa femme. Néanmoins il l'encouragea[2].

De retour à Vaucouleurs, elle y trouva un messager du roi qui l'autorisait à venir. La perte d'une nouvelle bataille décidait à essayer de tous les moyens. Elle avait annoncé le combat le jour même qu'il eut lieu. Les gens de Vaucouleurs, ne doutant point de sa mission, se cotisèrent pour l'équiper et lui acheter un cheval[3]. Le capitaine ne lui donna qu'une épée.

Elle eut encore à ce moment un obstacle à surmonter. Ses parents, instruits de son prochain départ, avaient failli en perdre le sens; ils firent les derniers efforts pour la retenir; ils ordonnèrent, ils

---

1. Comparer sur ce point important Lebrun et Laverdy. Je suis loin de croire que Jeanne ait été *choisie et désignée*, comme quelques-uns le disent, du bon et brave André Hofer (Lewald, Tyrol, 2ᵉ band, 1835 München). Mais je croirais volontiers que le capitaine Baudricourt consulta le roi, et que sa belle-mère, la reine Yolande d'Anjou, s'entendit avec le duc de Lorraine sur le parti qu'on pouvait tirer de cette fille. Elle fut encouragée au départ par le duc, et à son arrivée accueillie par la reine Yolande, comme on le verra.

2. Chronique de Lorraine, ap. D. Calmet, *Preuves*, t. II, p. 6.

3. « Equum pretii xvi francorum. » Procès ms. de Révision, déposition de Jean de Metz.

menacèrent. Elle résista à cette dernière épreuve et leur fit écrire qu'elle les priait de lui pardonner.

C'était un rude voyage et bien périlleux qu'elle entreprenait. Tout le pays était couru par les hommes d'armes des deux partis. Il n'y avait plus ni route, ni pont; les rivières étaient grosses; c'était au mois de février 1429.

S'en aller ainsi avec cinq ou six hommes d'armes, il y avait de quoi faire trembler une fille. Une Anglaise, une Allemande, ne s'y fût jamais risquée; l'*indélicatesse* d'une telle démarche lui eût fait horreur. Celle-ci ne s'en émut pas; elle était justement trop pure pour rien craindre de ce côté. Elle avait pris l'habit d'homme, et elle ne le quitta plus; cet habit serré, fortement attaché, était sa meilleure sauvegarde. Elle était pourtant jeune et belle. Mais il y avait autour d'elle, pour ceux même qui la voyaient de plus près, une barrière de religion et de crainte; le plus jeune des gentilshommes qui la conduisirent, déclare que, couchant près d'elle, il n'eut jamais l'ombre même d'une mauvaise pensée.

Elle traversait avec une sérénité héroïque tout ce pays désert ou infesté de soldats. Ses compagnons regrettaient bien d'être partis avec elle; quelques-uns pensaient que peut-être elle était sorcière; ils avaient grande envie de l'abandonner.

Pour elle, elle était tellement paisible, qu'à chaque
ville elle voulait s'arrêter pour entendre la messe.
« Ne craignez rien, disait-elle, Dieu me fait ma
route ; c'est pour cela que je suis née. » Et encore : « Mes frères de paradis me disent ce que
j'ai à faire[1]. »

La cour de Charles VII était loin d'être unanime
en faveur de la Pucelle. Cette fille inspirée qui ar-
rivait de Lorraine, et que le duc de Lorraine avait
encouragée, ne pouvait manquer de fortifier près
du roi le parti de la reine et de sa mère, le parti
de Lorraine et d'Anjou. Une embuscade fut dres-
sée à la Pucelle à quelque distance de Chinon, et
elle n'y échappa que par miracle[2].

L'opposition était si forte contre elle que, lorsqu'elle fut arrivée, le conseil discuta encore pendant deux jours si le roi la verrait. Ses ennemis
crurent ajourner l'affaire indéfiniment en faisant
décider qu'on prendrait des informations dans son
pays. Heureusement, elle avait aussi des amis, les
deux reines, sans doute, et surtout le duc d'Alençon, qui, sorti récemment des mains des Anglais,
était fort impatient de porter la guerre dans le
nord pour recouvrer son duché. Les gens d'Orléans, à qui, depuis le 12 février, Dunois promet-

1. « Sui fratres de paradiso. » Procès ms. de Révision, déposition de Jean de Metz.
2. *Ibidem*, dépos. de frère Séguin.

tait ce merveilleux secours, envoyèrent au roi et
réclamèrent la Pucelle.

Le roi la reçut enfin, et au milieu du plus grand
appareil; on espérait apparemment qu'elle serait
déconcertée. C'était le soir; cinquante torches
éclairaient la salle; nombre de seigneurs, plus de
trois cents chevaliers étaient réunis autour du roi.
Tout le monde était curieux de voir la sorcière ou
l'inspirée.

La sorcière avait dix-huit ans[1]; c'était une belle
fille[2] et fort désirable, assez grande de taille, la
voix douce et pénétrante[3].

Elle se présenta humblement, « comme une
pauvre petite bergerette[4], » démêla au premier

1. Elle déclara en février 1431 : « Qu'elle avait dix-neuf ans ou
environ. » Procès, interrog. du 21 février 1431, p. 54, éd. 1827.
Vingt témoins déposèrent dans le même sens. Voy. le résumé de
tous les témoignages dans M. Berriat-Saint-Prix, p. 178, 179.

2. « Mammas, quæ pulchræ erant. » Dépositions, Notices des
mss., t. III, p. 373. M. Lebrun de Charmettes voudrait en faire
une beauté accomplie. L'Anglais Grafton, au contraire, dans son
amusante fureur, dit : « Elle était si laide qu'elle n'eut pas grand
mal à rester pucelle (because of her foule face). » Grafton, p. 534.
— Le portrait de Jeanne d'Arc, qu'on trouve à la marge d'une
copie du procès, n'est qu'un griffonnage du greffier. Voy. le fac-
simile des mss. de la Bibliothèque royale, dans la seconde édition
de M. Guido Goerres, Die Jungfrau von Orleans, 1841.

3. Philippus Bergam. De claris mulieribus, cap. CLVII; d'après
un seigneur italien qui avait vu la Pucelle à la cour de Charles VII.
Ibidem, p. 369.

4. « Paupercula bergereta.... » Procès ms. de Révision, déposition de Gaucourt, grand maître de la maison du roi.

regard le roi qui s'était mêlé exprès à la foule des seigneurs, et quoiqu'il soutînt d'abord qu'il n'était pas le roi, elle lui embrassa les genoux. Mais, comme il n'était pas sacré, elle ne l'appelait que dauphin : « Gentil dauphin, dit-elle, j'ai nom Jehanne la Pucelle. Le Roi des cieux vous mande par moi que vous serez sacré et couronné en la ville de Reims, et vous serez lieutenant du Roi des cieux qui est roi de France. » Le roi la prit alors à part, et après un moment d'entretien, tous deux changèrent de visage ; elle lui disait, comme elle l'a raconté depuis à son confesseur : « Je te dis de la part de Messire, que tu es *vrai héritier* de France et *fils du roi*[1]. »

Ce qui inspira encore l'étonnement et une sorte de crainte, c'est que la première prédiction qui lui échappa se vérifia à l'heure même. Un homme d'armes qui la vit et la trouva belle, exprima bru-

---

1. Quinzième témoin. *Notices*, p. 348. Selon un récit moins ancien, mais très-vraisemblable, elle lui rappela une chose qu'il savait seul : Qu'un matin dans son oratoire il avait demandé à Dieu la grâce de recouvrer son royaume, *s'il était l'héritier légitime*, sinon celle de ne point périr ni de tomber en captivité ; mais de *pouvoir se réfugier en Espagne ou en Écosse*. Sala, *Exemples de hardiesse*, ms. français de la Bibl. royale, nᵒ 180. Lebrun, t. I, p. 180-183. — Il semble résulter des réponses, du reste fort obscures, de la Pucelle à ses juges, que cette cour astucieuse abusa de sa simplicité, et que pour la confirmer dans ses visions, on fit jouer devant elle une sorte de mystère où un ange apportait la couronne. Procès, p. 77, 94, 95, 102-106, éd. 1827.

talement son mauvais désir, en jurant le nom de
Dieu à la manière des soldats : « Hélas! dit-elle,
tu le renies, et tu es si près de ta mort! » Il tomba
à l'eau un moment après et se noya[1].

Ses ennemis objectaient qu'elle pouvait savoir
l'avenir, mais le savoir par inspiration du diable.
On assembla quatre ou cinq évêques pour l'examiner. Ceux-ci, qui sans doute ne voulaient pas se
compromettre avec les partis qui divisaient la cour,
firent renvoyer l'examen à l'université de Poitiers.
Il y avait dans cette grande ville université, parlement, une foule de gens habiles.

L'archevêque de Reims, chancelier de France,
présidant le conseil du roi, manda des docteurs,
des professeurs en théologie, les uns prêtres, les
autres moines, et les chargea d'examiner la Pucelle.

Les docteurs introduits et placés dans une salle,
la jeune fille alla s'asseoir au bout du banc et répondit à leurs questions. Elle raconta avec une
simplicité pleine de grandeur[2] les apparitions et
les paroles des anges. Un dominicain lui fit une
seule objection, mais elle était grave : « Jehanne,
tu dis que Dieu veut délivrer le peuple de France;
si telle est sa volonté, il n'a pas besoin de gens
d'armes. » Elle ne se troubla point : « Ah! mon

---

1. *Notices des mss.*, t. III, p. 348.
2. « Magno modo. » Déposition du frère Séguin, *ibidem*, p. 349.

Dieu, dit-elle, les gens d'armes batailleront, et
Dieu donnera la victoire. »

Un autre se montra plus difficile à contenter ;
c'était un frère Séguin, Limousin, professeur de
théologie à l'université de Poitiers, « bien aigre
homme, » dit la chronique. Il lui demanda dans
son français limousin, quelle langue parlait donc
cette prétendue voix céleste ? Jeanne répondit avec
un peu trop de vivacité : « Meilleure que la vôtre.
— Crois-tu en Dieu ? dit le docteur en colère. Eh
bien ! Dieu ne veut pas que l'on ajoute foi à tes
paroles à moins que tu ne montres un signe. »
Elle répondit : « Je ne suis point venue à Poitiers
pour faire des signes ou miracles ; mon signe sera
de faire lever le siége d'Orléans. Qu'on me donne
des hommes d'armes, peu ou beaucoup, et j'irai[1]. »

Cependant, il en advint à Poitiers comme à Vaucouleurs, sa sainteté éclata dans le peuple ; en un
moment tout le monde fut pour elle. Les femmes,
damoiselles et bourgeoises, allaient la voir chez la
femme d'un avocat du parlement, dans la maison
de laquelle elle logeait, et elles en revenaient tout
émues. Les hommes même y allaient ; ces conseillers, ces avocats, ces vieux juges endurcis, s'y
laissaient mener sans y croire, et quand ils l'a-
vaient entendue, ils pleuraient tout comme les

---

1 *Notices des mss.*, déposition de frère Séguin, t. III, p. 349.

femmes[1], et disaient : « Cette fille est envoyée de Dieu. »

Les examinateurs allèrent la voir eux-mêmes, avec l'écuyer du roi, et comme ils recommençaient leur éternel examen, lui faisant de doctes citations, et lui prouvant, par tous les auteurs sacrés, qu'on ne devait pas la croire : « Écoutez, leur dit-elle, il y en a plus au livre de Dieu que dans les vôtres.... Je ne sais ni A ni B ; mais je viens de la part de Dieu pour faire lever le siége d'Orléans et sacrer le dauphin à Reims.... Auparavant, il faut pourtant que j'écrive aux Anglais, et que je les somme de partir. Dieu le veut ainsi. Avez-vous du papier et de l'encre? Écrivez, je vais vous dicter[2]... : A vous! Suffort, Classidas et La Poule, je vous somme de par le Roi des cieux, que vous vous en alliez en Angleterre[3].... » Ils écrivirent docilement; elle avait pris possession de ses juges mêmes.

Leur avis fut qu'on pouvait licitement employer la jeune fille, et l'on reçut même réponse de

1. « Plouroient à chaudes larmes. » *Chronique de la Pucelle*, p. 300, éd. 1827.

2. Déposition du témoin oculaire Versailles. *Notices des mss.*, t. III, p. 350.

3. Cette lettre et les autres que la Pucelle a dictées, sont certainement authentiques. Elles ont un caractère héroïque que personne n'eût pu feindre, une vivacité toute française, à la Henri IV, mais deux choses de plus : naïveté, sainteté. Voy. ces lettres dans Buchon, Quicherat.

l'archevêque d'Embrun que l'on avait consulté [1].
Le prélat rappelait que Dieu avait maintes fois ré-
vélé à des vierges, par exemple aux sibylles, ce
qu'il cachait aux hommes. Le démon ne pouvait
faire pacte avec une vierge; il fallait donc bien
s'assurer si elle était vierge en effet. Ainsi la
science poussée à bout, ne pouvant ou ne voulant
point s'expliquer sur la distinction délicate des
bonnes et des mauvaises révélations, s'en remettait humblement des choses spirituelles au corps,
et faisait dépendre du féminin mystère cette grave
question de l'esprit.

Les docteurs ne sachant que dire, les dames décidèrent [2]. La bonne reine de Sicile, belle-mère du
roi, s'acquitta avec quelques dames du ridicule
examen, à l'honneur de la Pucelle. Des francis-
cains qu'on avait envoyés dans son pays aux informations, avaient rapporté les meilleurs rensei-
gnements. Il n'y avait plus de temps à perdre.
Orléans criait au secours; Dunois envoyait coup
sur coup. On équipa la Pucelle; on lui forma une
sorte de maison. On lui donna d'abord pour
écuyer un brave chevalier, d'âge mûr, Jean Daulon, qui était au comte de Dunois, et le plus hon-

1. Lenglet du Fresnoy, d'après le mss. de Jacques Gelu, *De
puella aurelianensi*, ms. lat. Bibl. regiæ, n° 6199.
2. « Fut icelle Pucelle baillée à la royne de Cecile, » etc. *Notices
des mss.*, t. III, p. 351.

nête homme qu'il eût parmi ses gens. Elle eut
aussi un noble page, deux hérauts d'armes, un
maître d'hôtel, deux valets; son frère, Pierre
d'Arc, vint la trouver et se joignit à ses gens. On
lui donna pour confesseur Jean Pasquerel, frère
ermite de Saint-Augustin.

Ce fut une merveille pour les spectateurs, de
voir la première fois Jeanne d'Arc dans son ar-
mure blanche et sur son beau cheval noir, au côté
une petite hache [1] et l'épée de sainte Catherine.
Elle avait fait chercher cette épée derrière l'autel
de Sainte-Catherine de Fierbois, où on la trouva
en effet. Elle portait à la main un étendard blanc
fleurdelisé, sur lequel était Dieu avec le monde
dans ses mains; à droite et à gauche, deux anges
qui tenaient chacun une fleur de lis. « Je ne veux
pas, disait-elle, me servir de mon épée pour tuer

---

1. « Et fit ladite Pucelle très-bonne chère à mon frère et à moy,
armée de toutes pièces, sauve la teste, et la lance en la main. Et
après que nous feusmes descendus à Selles, j'allay à son logis la
voir, et fit venir le vin, et me dit qu'elle m'en feroit bien tost
boire à Paris, et semble chose toute divine de son fait, et de la
voir, et de l'oïr.... Et la veis monter à cheval armée toute en
blanc, sauf la teste, une petite hache en sa main, sur un grand
coursier noir.... et lors se tourna vers l'huis de l'église, qui estoit
bien prochain, et dist en assez voix de femme : *Vous, les prêtres
et gens d'église, faites processions et prières à Dieu*. Et lors se
retourna à son chemin en disant : *Tirez avant, tirez avant*, son
estendard ployé que portoit un gracieux paige et avoit sa hache
petite en la main. » Lettre de Guy de Laval à ses mère et aïeule.
Labbe, *Alliance chronol.*, p. 672.

personne[1] » Et elle ajoutait que, quoiqu'elle aimât son épée, elle aimait « quarante fois plus » son étendard. Comparons les deux partis, au moment où elle fut envoyée à Orléans.

Les Anglais s'étaient bien affaiblis dans ce long siége d'hiver. Après la mort de Salisbury, beaucoup d'hommes d'armes qu'il avait engagés se crurent libres, et s'en allèrent. D'autre part, les Bourguignons avaient été rappelés par le duc de Bourgogne. Quand on força la principale bastille des Anglais, dans laquelle s'étaient repliés les défenseurs de quelques autres bastilles, on y trouva cinq cents hommes. Il est probable qu'en tout ils étaient deux ou trois mille. Sur ce petit nombre, tout n'était pas Anglais; il y avait aussi quelques Français, dans lesquels les Anglais n'avaient pas sans doute grande confiance.

S'ils avaient été réunis, cela eût fait un corps respectable; mais ils étaient divisés dans une douzaine de bastilles ou boulevards [2], qui, pour la plupart, ne communiquaient pas entre eux. Cette disposition prouve que Talbot et les autres chefs anglais avaient eu jusque-là plus de bravoure et

1. « Nolebat uti ense suo, nec volebat quemquam interficere. » Procès ms. de Révision, déposition de frère Séguin.

2. Monstrelet exagère au hasard; il dit *soixante* bastilles; il porte à *sept ou huit mille* hommes les Anglais tués dans les bastilles du sud, etc.

de bonheur que d'intelligence militaire. Il était évident que chacune de ces petites places isolées serait faible contre la grande et grosse ville qu'elles prétendaient garder; que cette nombreuse population, aguerrie par un long siége, finirait par assiéger les assiégeants.

Quand on lit la liste formidable des capitaines qui se jetèrent dans Orléans, La Hire, Saintrailles, Gaucourt, Culan, Coaraze, Armagnac; quand on voit qu'indépendamment des Bretons du maréchal de Retz, des Gascons du maréchal de Saint-Sévère, le capitaine de Châteaudun, Florent d'Illiers, avait entraîné la noblesse du voisinage à cette courte expédition, la délivrance d'Orléans semble moins miraculeuse.

Il faut dire pourtant qu'il manquait une chose pour que ces grandes forces agissent avec avantage, chose essentielle, indispensable, l'unité d'action. Dunois eût pu la donner, s'il n'eût fallu pour cela que de l'adresse et de l'intelligence. Mais ce n'était pas assez. Il fallait une autorité, plus que l'autorité royale; les capitaines du roi n'étaient pas habitués à obéir au roi. Pour réduire ces volontés sauvages, indomptables, il fallait Dieu même. Le Dieu de cet âge, c'était la Vierge bien plus que le Christ[1]. Il fallait la Vierge descendue sur

---

1. Je l'ai remarqué ailleurs et j'y reviendrai tout à l'heure.

terre, une vierge populaire, jeune, belle, douce, hardie.

La guerre avait changé les hommes en bêtes sauvages ; il fallait de ces bêtes refaire des hommes, des chrétiens, des sujets dociles. Grand et difficile changement ! quelques-uns de ces capitaines armagnacs étaient peut-être les hommes les plus féroces qui eussent jamais existé. Il suffit d'en nommer un, dont le nom seul fait horreur, Gilles de Retz, l'original de la Barbe bleue[1].

Il restait pourtant une prise sur ces âmes qu'on pouvait saisir ; elles étaient sorties de l'humanité, de la nature, sans avoir pu se dégager entièrement de la religion. Les brigands, il est vrai, trouvaient moyen d'accommoder de la manière la plus bizarre la religion au brigandage. L'un d'eux, le gascon La Hire, disait avec originalité : « Si Dieu se faisait homme d'armes, il serait pillard. » Et quand il allait au butin, il faisait sa petite prière gasconne, sans trop dire ce qu'il demandait, pensant bien que Dieu l'entendrait à demi-mot : « Sire Dieu, je te prie de faire pour La Hire ce que La Hire ferait pour toi, si tu étais capitaine et si La Hire était Dieu[2].

---

1. Voir l'épouvantable procès, conservé au greffe de Nantes.

2. « Sur quoy le chapelain lui donna absolution telle quelle, et lors La Hire fit sa prière à Dieu, en disant en son gascon....» *Mémoires concernant la Pucelle*, collection Petitot, VIII, 127.

Ce fut un spectacle risible et touchant de voir la
conversion subite des vieux brigands armagnacs.
Ils ne s'amendèrent pas à demi. La Hire n'osait
plus jurer; la Pucelle eut compassion de la violence qu'il se faisait, elle lui permit de jurer :
« Par son bâton. » Les diables se trouvaient deve-
nus tout à coup de petits saints.

Elle avait commencé par exiger qu'ils laissassent
leurs folles femmes et se confessassent[1]. Puis, dans
la route, le long de la Loire, elle fit dresser un
autel sous le ciel, elle communia, et ils commu-
nièrent. La beauté de la saison, le charme d'un
printemps de Touraine, devaient singulièrement
ajouter à la puissance religieuse de la jeune fille.
Eux-mêmes, ils avaient rajeuni; ils s'étaient par-
faitement oubliés, ils se retrouvaient, comme en
leurs belles années, pleins de bonne volonté et
d'espoir, tous jeunes comme elle, tous enfants....
Avec elle, ils commençaient de tout cœur une
nouvelle vie. Où les menait-elle? peu leur impor-
tait. Ils l'auraient suivie, non pas à Orléans, mais
tout aussi bien à Jérusalem. Et il ne tenait qu'aux
Anglais d'y venir aussi; dans la lettre qu'elle leur
écrivit, elle leur proposait gracieusement de se

---

1. **Procès ms. de Révision**, déposition de Dunois. — « Jeanne
ordonna que tous se confessassent.... et leur fict oster leurs
fillettes. » *Mémoires concernant la Pucelle*, collection Petitot,
VIII, 163.

réunir et de s'en aller tous, Anglais et Français,
délivrer le saint sépulcre[1].

II.

Jeanne délivre Orléans et fait sacrer le roi à Reims.

La première nuit qu'ils campèrent, elle coucha
tout armée, n'ayant point de femmes près d'elle;
mais elle n'était pas encore habituée à cette vie
dure; elle en fut malade[2]. Quant au péril, elle ne
savait ce que c'était. Elle voulait qu'on passât du
côté du nord, sur la rive anglaise, à travers les
bastilles des Anglais, assurant qu'ils ne bouge-
raient point. On ne voulut pas l'écouter; on suivit
l'autre rive, de manière à passer deux lieues au-
dessus d'Orléans. Dunois vint à la rencontre : « Je
vous amène, dit-elle, le meilleur secours qui ait
jamais été envoyé à qui que ce soit, le secours du
roi des cieux. Il ne vient pas de moi, mais de Dieu
même qui, à la requête de saint Louis et de saint
Charlemagne, a eu pitié de la ville d'Orléans et n'a

---

1. « Vous, duc de Bedfort, la Pucelle vous prie et vous requiert
que vous ne vous faictes mie destruire. Se vous lui faictes raison,
encore *pourrez-vous venir en sa compagnie*, l'où que les Fran-
chois feront le plus bel fait que oncques fut fait pour la Xhres-
tienté. « *Lettre de la Pucelle*, dans Lebrun, I, 450, d'après le
ms. 5965 de la Bibliothèque royale.

2. « Multum læsa, quia decubuit cum armis. » (Procès ms. de
Révision, dépos. de Louis de Contes, page de la Pucelle.

pas voulu souffrir que les ennemis eussent tout ensemble le corps du duc et sa ville[1]. »

Elle entra dans la ville à huit heures du soir (29 avril), lentement; la foule ne permettait pas d'avancer. C'était à qui toucherait au moins son cheval. Ils la regardaient « comme s'ils veissent Dieu[2]. » Tout en parlant doucement au peuple, elle alla jusqu'à l'église, puis à la maison du trésorier du duc d'Orléans, homme honorable dont la femme et les filles la reçurent; elle coucha avec Charlotte, l'une des filles.

Elle était entrée avec les vivres; mais l'armée redescendit pour passer à Blois. Elle eût voulu néanmoins qu'on attaquât sur-le-champ les bastilles des Anglais. Elle envoya du moins une seconde sommation aux bastilles du nord, puis elle alla en faire une autre aux bastilles du midi. Le capitaine Glasdale l'accabla d'injures grossières, l'appelant vachère et ribaude[3]. Au fond, ils la

1. Procès ms. de Révision, Dépos. de Dunois, *Notices des mss.*, III, 353.

2. « Elle semblait tout au moins un ange, une créature étrangère à tous les besoins physiques. Elle restait parfois tout un jour à cheval, sans descendre, sans manger ni boire, sauf le soir un peu de pain et de vin mêlé d'eau. Voy. les diverses dépositions et la *Chronique de la Pucelle*, éd. Quicherat.

3. Les injures des Anglais lui étaient fort sensibles. S'entendant appeler « la putain des Armignats, » elle pleura à chaudes larmes et prit Dieu à témoin; puis, se sentant consolée, elle dit : « J'ai eu nouvelles de mon Seigneur. » (*Notices des mss.*, III, p. 359.)

croyaient sorcière et en avaient grande peur. Ils
avaient gardé son héraut d'armes, et ils pensaient
à le brûler, dans l'idée que peut-être cela romprait
le charme. Cependant, ils crurent devoir, avant
tout, consulter les docteurs de l'université de Paris. Dunois les menaçait d'ailleurs de tuer aussi
eurs hérauts qu'il avait entre les mains. Pour la
Pucelle, elle ne craignait rien pour son héraut;
elle en envoya un autre, en disant : « Va dire à
Talbot que s'il s'arme, je m'armerai aussi.... S'il
peut me prendre, qu'il me fasse brûler. »

L'armée ne venant point, Dunois se hasarda à
sortir pour l'aller chercher. La Pucelle, restée à
Orléans, se trouva vraiment maîtresse de la ville,
comme si toute autorité eût cessé. Elle chevaucha autour des murs, et le peuple la suivit sans
crainte [1]. Le jour d'après, elle alla visiter de près
les bastilles anglaises; toute la foule, hommes,
femmes et enfants, allaient aussi regarder ces fa-
meuses bastilles où rien ne remuait. Elle ramena
la foule après elle à Sainte-Croix pour l'heure des
vêpres. Elle pleurait aux offices [2], et tout le monde
pleurait. Le peuple était hors de lui; il n'avait plus

---

1. « Après laquelle couroit le peuple à très-grand'foulle, prenant
moult grand plaisir à la voir et estre entour elle. Et quand elle
eust veu et regardé à son plaisir les fortifications des Anglois... »
(*L'Histoire et discours au vray du siége*, p. 80, éd. 1606.)

2. Procès ms. de Révision, dépos. de Compaing, chanoine
d'Orléans.

peur de rien; il était ivre de religion et de guerre,
dans un de ces formidables accès de fanatisme où
les hommes peuvent tout faire et tout croire, où
ils ne sont guère moins terribles aux amis qu'aux
ennemis.

Le chancelier de Charles VII, l'archevêque de
Reims, avait retenu la petite armée à Blois. Le
vieux politique était loin de se douter de cette
toute-puissance de l'enthousiasme, ou peut-être il
la redoutait. Il vint donc bien malgré lui. La Pucelle alla au-devant, avec le peuple, et les prêtres
qui chantaient des hymnes; cette procession passa
et repassa devant les bastilles anglaises; l'armée
entra protégée par des prêtres et par une fille
(4 mai 1429)[1].

Cette fille, qui, au milieu de son enthousiasme
et de son inspiration, avait beaucoup de finesse,
démêla très-bien la froide malveillance des nouveaux venus. Elle comprit qu'on voudrait agir
sans elle, au risque de tout perdre. Dunois lui
ayant avoué qu'on craignait l'arrivée d'une nouvelle troupe anglaise, sous les ordres de sir Falstoff : « Bastard, bastard, lui dit-elle, au nom de
Dieu, je te commande que, dès que tu sauras la
venue de ce Falstoff, tu me le fasses savoir; car,

---

1. Procès ms. de Révision, dépos. de frère Pasquerel, confesseur de la Pucelle.

s'il passe sans que je le sache, je te ferai couper
la tête [1]. »

Elle avait raison de croire qu'on voulait agir
sans elle. Comme elle se reposait un moment près
de la jeune Charlotte, elle se dresse tout à coup :
« Ah! mon Dieu! dit-elle, le sang de nos gens
coule par terre.... c'est mal fait! pourquoi ne m'a-
t-on pas éveillée? Vite, mes armes, mon cheval! »
Elle fut armée en un moment, et trouvant en bas
son jeune page qui jouait : « Ah! méchant garçon! lui dit-elle, vous ne me diriez donc pas que
le sang de France feust répandu! » Elle partit au
grand galop; mais déjà, elle rencontra des blessés
qu'on rapportait. « Jamais, dit-elle, je n'ai veu sang
de François que mes cheveux ne levassent [2].

A son arrivée, les fuyards tournèrent visage.
Dunois, qui n'avait pas été averti non plus, arri-
vait en même temps. La bastille (c'était une des
bastilles du nord) fut attaquée de nouveau. Talbot
essaya de la secourir. Mais il sortit de nouvelles
forces d'Orléans, la Pucelle se mit à leur tête, et
Talbot fit rentrer les siens. La bastille fut emportée.

Beaucoup d'Anglais qui avaient pris des habits
de prêtres pour se sauver, furent emmenés par la

---

1. Dépos. de Daulon, écuyer de la Pucelle. (*Notices des mss.*,
III, 355.

2. « Que mes cheveux ne me levassent en sus. » *Ibidem*, déposition du même.

Pucelle et mis chez elle en sûreté [1]; elle connaissait la férocité des gens de son parti. C'était sa
première victoire, la première fois qu'elle voyait
un champ de massacre. Elle pleura, en voyant
tant d'hommes morts sans confession [2]. Elle voulut
se confesser, elle et les siens, et déclara que le
lendemain, jour de l'Ascension, elle communie-
rait et passerait le jour en prières.

On mit ce jour à profit. On tint le conseil sans
elle, et l'on décida que cette fois l'on passerait la
Loire pour attaquer Saint-Jean-le-Blanc, celle des
bastilles qui mettait le plus d'obstacle à l'entrée
des vivres, et qu'en même temps l'on ferait une
fausse attaque de l'autre côté. Les jaloux de la Pucelle lui parlèrent seulement de la fausse attaque,
mais Dunois lui avoua tout.

Les Anglais firent alors ce qu'ils auraient dû
faire plus tôt : ils se concentrèrent. Brûlant eux-
mêmes la bastille qu'on voulait attaquer, ils se
replièrent dans les deux autres bastilles du
midi, celles des Augustins et des Tournelles. Les
Augustins furent attaqués à l'instant, attaqués et
emportés. Le succès fut dû encore en partie à la
Pucelle. Les Français eurent un moment de terreur
panique et refluèrent précipitamment vers le pont

1. Procès ms. de Révision, dépos. de Louis Contes, page de la
Pucelle.
2. *Ibidem*, déposition du frère Pasquerel, son confesseur.

flottant qu'on avait établi. La Pucelle et La Hire
se dégagèrent de la foule, se jetèrent dans des
bateaux et vinrent charger les Anglais en flanc.

Restaient les Tournelles. Les vainqueurs passè-
rent la nuit devant cette bastille. Mais ils obligèrent
la Pucelle, qui n'avait rien mangé de la journée
(c'était vendredi) à repasser la Loire. Cependant le
conseil s'était assemblé. On dit le soir à la Pucelle
qu'il avait été décidé unanimement que, la ville
étant maintenant pleine de vivres, on attendrait
un nouveau renfort pour attaquer les Tournelles.
Il est difficile de croire que telle fut l'intention sérieuse des chefs; les Anglais pouvant d'un moment à l'autre être secourus par Falstoff, il y avait
le plus grand danger à attendre. Probablement on
voulait tromper la Pucelle et lui ôter l'honneur du
succès qu'elle avait si puissamment préparé. Elle
ne s'y laissa pas prendre.

« Vous avez été en votre conseil, dit-elle; et j'ai
été au mien [1]. » Et se tournant vers son chapelain : « Venez demain à la pointe du jour, et ne
me quittez pas; j'aurai beaucoup à faire; il sortira
du sang de mon corps; je serai blessée au-dessus
du sein. »

Le matin, son hôte essaya de la retenir. « Res-

---

1. « Vos fuistis in vestro consilio, et ego in meo. » (Procès ms.
de Révision, déposition du confesseur de la Pucelle. *Notices des
mss.*, III, 359.)

tez, Jeanne, lui dit-il; mangeons ensemble ce poisson qu'on vient de pêcher. — Gardez-le, dit-elle
gaiement; gardez-le jusqu'à ce soir, lorsque je re-
passerai le pont après avoir pris les Tournelles;
je vous amènerai un *Godden* qui en mangera sa
part [1]. »

Elle chevaucha ensuite avec une foule d'hommes
d'armes et de bourgeois jusqu'à la porte de Bourgogne. Mais le sire de Gaucourt, grand maître de
la maison du roi, la tenait fermée. « Vous êtes un
méchant homme, lui dit Jeanne; que vous le vou-
liez ou non, les gens d'armes vont passer. » Gaucourt sentit bien que devant ce flot de peuple exalté, sa vie ne tenait qu'à un fil; d'ailleurs ses gens
ne lui obéissaient plus. La foule ouvrit la porte et
en força une autre à côté.

Le soleil se levait sur la Loire, au moment où
tout ce monde se jeta dans les bateaux. Toutefois,
arrivés aux Tournelles, ils sentirent qu'il fallait de
l'artillerie, et ils allèrent en chercher dans la ville.
Enfin ils attaquèrent le boulevard extérieur qui
couvrait la bastille. Les Anglais se défendaient
vaillamment [2]. La Pucelle, voyant que les assaillants commençaient à faiblir, se jeta dans le

---

1. Procès ms. de Révision, dépos. de Colette, femme du trésorier Milet, chez lequel elle logeait.

2. « Sembloit.... qu'ils cuidassent estre immortels. » (*L'Histoire et discours au vray du siége*, p. 67.)

fossé, prit une échelle, et elle l'appliquait au mur, lorsqu'un trait vint la frapper entre le cou et l'épaule. Les Anglais sortaient pour la prendre; mais on l'emporta. Éloignée du combat, placée sur l'herbe et désarmée, elle vit combien sa blessure était profonde : le trait ressortait par derrière; elle s'effraya et pleura [1].... Tout à coup, elle se relève; ses saintes lui avaient apparu; elle éloigne les gens d'armes qui croyaient *charmer* la blessure par des paroles; elle ne voulait pas guérir, disait-elle, contre la volonté de Dieu. Elle laissa seulement mettre de l'huile sur la blessure et se confessa.

Cependant rien n'avançait, la nuit allait venir. Dunois lui-même faisait sonner la retraite. « Attendez encore, dit-elle, buvez et mangez; » et elle se mit en prières dans une vigne. Un Basque avait pris des mains de l'écuyer de la Pucelle son étendard si redouté de l'ennemi : « Dès que l'étendard touchera le mur, disait-elle, vous pourrez entrer. — Il y touche. — Eh bien, entrez, tout est à vous. » En effet, les assaillants, hors d'eux-mêmes, montèrent « comme par un degré. » Les Anglais en ce moment étaient attaqués des deux côtés à la fois.

Cependant les gens d'Orléans qui, de l'autre bord de la Loire, suivaient des yeux le combat, ne

1. « Timuit, flevit.... Apposuerunt oleum olivarum cum lardo. » (*Notices des mss.*, III, 360.)

purent plus se contenir. Ils ouvrirent leurs portes,
et s'élancèrent sur le pont. Mais il y avait une
arche rompue; ils y jetèrent d'abord une mauvaise
gouttière, et un chevalier de Saint-Jean, tout
armé, se risqua à passer dessus. Le pont fut réta-
bli tant bien que mal. La foule déborda. Les Anglais, voyant venir cette mer de peuple, croyaient
que le monde entier était rassemblé[1]. Le vertige
les prit. Les uns voyaient saint Aignan, patron de
la ville, les autres l'archange Michel[2]. Glasdale
voulut se réfugier du boulevard dans la bastille
par un petit pont; ce pont fut brisé par un bou-
let; l'Anglais tomba et se noya, sous les yeux de
la Pucelle qu'il avait tant injuriée. « Ah! disait-
elle, que j'ai pitié de ton âme[3]! » Il y avait cinq
cents hommes dans la bastille; tout fut passé au fil
de l'épée.

Il ne restait pas un Anglais au midi de la Loire.

1. C'est ce qu'ils dirent le soir même, quand ils furent amenés
à Orléans. (L'*Histoire et discours au vray*, etc., p. 89.)

2. Selon la tradition orléanaise conservée par Le Maire (*Histoire
d'Orléans*), ce serait en mémoire de cette apparition que Louis XI
aurait institué l'ordre de Saint-Michel, avec la devise : « Immensi
« tremor Oceani. » Néanmoins Louis XI n'en dit rien dans l'ordonnance de fondation. Cette devise se rapporte sans doute uniquement
au célèbre pèlerinage : *In periculo maris*.

3. « Clamando et dicendo : «Classidas, Classidas, *ren ty*, *ren ty*
« Regi cœlorum! Tu me vocasti *putain*. Ego habeo magnam pie-
« tatem de tua anima, et tuorum.... » .... «Incepit flere fortiter
« pro anima ipsius et aliorum submersorum. » (*Notices des mss.*,
III, 362.)

Le lendemain, dimanche, ceux du nord abandonnèrent leurs bastilles, leur artillerie, leurs prisonniers, leurs malades. Talbot et Suffolk dirigeaient
cette retraite en bon ordre et fièrement. La Pucelle
défendit qu'on les poursuivît, puisqu'ils se reti-
raient d'eux-mêmes. Mais avant qu'ils s'éloignas-
sent et perdissent de vue la ville, elle fit dresser
un autel dans la plaine, on y dit la messe, et en
présence de l'ennemi le peuple rendit grâces à Dieu
(dimanche 8 mai)[1].

L'effet de la délivrance d'Orléans fut prodigieux.
Tout le monde y reconnut une puissance surnatu-
relle. Plusieurs la rapportaient au diable, mais la
plupart à Dieu ; on commença à croire généralement que Charles VII avait pour lui le bon droit.

Six jours après le siége, Gerson publia et ré-
pandit un traité où il prouvait qu'on pouvait bien,
sans offenser la raison, rapporter à Dieu ce merveilleux événement[2]. La bonne Christine de Pisan
écrivit aussi pour féliciter son sexe[3]. Plusieurs trai-

1. Le siége avait duré sept mois, du 12 octobre 1428 au 8 mai
1429. Dix jours suffirent à la Pucelle pour délivrer la ville ; elle y
était entrée le 29 avril au soir. Le jour de la délivrance resta une
fête pour Orléans ; cette fête commençait par l'éloge de Jeanne
d'Arc, une procession parcourait la ville, et au milieu marchait un
jeune garçon qui représentait la Pucelle. (Polluche, *Essais hist.
sur Orléans*, remarque 77, Lebrun de Charmette, II, 128.)

2. Il n'est pas sûr que ce pamphlet soit de Gerson. (*Gersonii
Opera*, IV, 859.)

3. « Je Christine, qui ay plouré xi ans en l'abbaye close, etc. » (Rai-

tés furent publiés, plus favorables qu'hostiles à la
Pucelle, et par les sujets mêmes du duc de Bourgogne, allié des Anglais[1].

Charles VII devait saisir ce moment, aller hardiment d'Orléans à Reims, mettre la main sur la
couronne. Cela semblait téméraire, et n'en était
pas moins facile dans le premier effroi des Anglais. Puisqu'ils avaient fait l'insigne faute de ne
point sacrer encore leur jeune Henri VI, il fallait
les devancer. Le premier sacré devait rester roi.
C'était aussi une grande chose pour Charles VII de
faire sa royale chevauchée à travers la France anglaise, de prendre possession, de montrer que
partout en France le roi est chez lui.

La Pucelle était seule de cet avis, et cette folie
héroïque était la sagesse même. Les politiques, les
fortes têtes du conseil souriaient, ils voulaient
qu'on allât lentement et sûrement, c'est-à-dire
qu'on donnât aux Anglais le temps de reprendre
courage. Ces conseillers donnaient tous des avis
intéressés. Le duc d'Alençon voulait qu'on allât en
Normandie, qu'on reconquît Alençon. Les autres
demandèrent et obtinrent qu'on resterait sur la

mond Thomassy, *Essai sur les écrits de Christine de Pisan*,
p. XLII.) Ce petit poëme sera publié en entier par M. Jubinal.

1. Henrici de Gorckheim propos. libr. duo, in Sibylla Fran-
cica, ed. Goldast. 1606. Voy. les autres auteurs cités par Lebrun,
II, 325, et III, 7-9, 72.

Loire, qu'on ferait le siége des petites places ; c'était l'avis le plus timide, et surtout l'intérêt des maisons d'Orléans, d'Anjou, celui du Poitevin La Trémouille, favori de Charles VII.

Suffolk s'était jeté dans Jargeau ; il y fut renfermé, forcé[1]. Beaugency fut pris aussi, avant que lord Talbot eût pu recevoir les secours du régent que lui amenait sir Falstoff. Le connétable de Richemond, qui depuis longtemps se tenait dans ses fiefs, vint avec ses Bretons, malgré le roi, malgré la Pucelle, au secours de l'armée victorieuse[2].

Une bataille était imminente ; Richemond venait pour en avoir l'honneur. Talbot et Falstoff s'étaient réunis ; mais, chose étrange qui peint et l'état du pays et cette guerre toute fortuite, on ne savait où trouver l'armée anglaise dans le désert de la Beauce, alors couverte de taillis et de broussailles. Un cerf découvrit les Anglais ; poursuivi par l'avant-garde française, il alla se jeter dans leurs rangs.

Les Anglais étaient en marche, et n'avaient pas comme à l'ordinaire planté leur défense de pieux.

---

1. Voy. surtout dans le Procès de Révision la déposition du duc d'Alençon. Le duc voulant différer l'assaut, la Pucelle lui dit : « Ah ! gentil duc, as-tu peur ? ne sais-tu pas que j'ai promis à ta femme de te ramener sain et sauf ? » (*Notices des mss.*, t. III, p. 354.)

2. Tout cela est fort long dans le panégyrique de Richemond, par Guillaume Gruel, collection Petitot, t. VIII.

Talbot voulait seul se battre, enragé qu'il était, depuis Orléans, d'avoir montré le dos aux Français; sire Falstoff, au contraire, qui avait gagné la bataille des Harengs, n'avait pas besoin d'une bataille pour se réhabiliter; il disait en homme sage qu'avec une armée découragée il fallait rester sur la défensive. Les gens d'armes français n'attendirent pas la fin de la dispute; ils arrivèrent au galop, et ne trouvèrent pas grande résistance[1]. Talbot s'obstina à combattre, croyant peut-être se faire tuer, et ne réussit qu'à se faire prendre. La poursuite fut meurtrière; deux mille Anglais couvrirent la plaine de leurs corps. La Pucelle pleurait, à l'aspect de tous ces morts; elle pleura encore plus en voyant la brutalité du soldat, et comme il traitait les prisonniers qui ne pouvaient se racheter; l'un d'eux fut frappé si rudement à la tête qu'il tomba expirant; la Pucelle n'y tint pas, elle s'élança de cheval, souleva la tête du pauvre homme, lui fit venir un prêtre, le consola, l'aida à mourir[2].

Après cette bataille de Patay (28 ou 29 juin), le

1. Falstoff s'enfuit, comme les autres, et fut dégradé de l'ordre de la Jarretière. Il était grand maître d'hôtel de Bedford. Sa dégradation, dont il fut au reste bientôt relevé, fut probablement un coup porté à Bedford. Voy. Grafton et le mémoire curieux que M. Berbruger prépare pour réhabiliter Falstoff.

2. « Tenendo eum in caput et consolando. » Procès ms. de la Pucelle, déposition de son page Louis de Contes.

moment était venu, ou jamais, de risquer l'expédition de Reims. Les politiques voulaient qu'on restât encore sur la Loire, qu'on s'assurât de Cosne et de la Charité. Ils eurent beau dire cette fois; les voix timides ne pouvaient plus être écoutées. Chaque jour, affluaient des gens de toutes les provinces qui venaient au bruit des miracles de la Pucelle, ne croyaient qu'en elle, et comme elle avaient hâte de mener le roi à Reims. C'était un irrésistible élan de pèlerinage et de croisade. L'indolent jeune roi lui-même finit par se laisser soulever à cette vague populaire, à cette grande marée qui montait et poussait au nord. Roi, courtisans, politiques, enthousiastes, tous ensemble, de gré ou de force, les fols, les sages, ils partirent. Au départ, ils étaient douze mille; mais le long de la route, la masse allait grossissant; d'autres venaient, et toujours d'autres; ceux qui n'avaient pas d'armures suivaient la sainte expédition en simples jacques, tout gentilhommes qu'ils pouvaient être, comme archers, comme coutiliers.

L'armée partit de Gien le 28 juin, passa devant Auxerre, sans essayer d'y entrer; cette ville était entre les mains du duc de Bourgogne que l'on ménageait. Troyes avait une garnison mêlée de Bourguignons et d'Anglais; à la première apparition de l'armée royale, ils osèrent faire une sortie. Il y avait peu d'apparence de forcer une grande ville, si bien gardée, et cela sans artillerie. Mais comment s'arrêter à en faire le siége? Comment, d'autre part, avancer en laissant une telle place derrière soi? l'armée souffrait déjà de la faim. Ne valait-il pas mieux s'en retourner? Les politiques triomphaient.

Il n'y eut qu'un vieux conseiller armagnac, le président Maçon, qui fut d'avis contraire, qui comprit que dans une telle entreprise la sagesse était du côté de l'enthousiasme, que dans une croisade populaire, il ne fallait pas raisonner. « Quand le roi a entrepris ce voyage, dit-il, il ne l'a pas fait pour la grande puissance de gens d'armes, ni pour le grand argent qu'il eût, ni parce que le voyage lui semblait possible; il l'a entrepris parce que Jeanne lui disait d'aller en avant et de se faire couronner à Reims, qu'il y trouverait peu de résistance, tel étant le bon plaisir de Dieu. »

La Pucelle venant alors frapper à la porte du conseil, assura que dans trois jours on pourrait entrer dans la ville. « Nous en attendrions bien six, dit le chancelier, si nous étions sûrs que vous dites vrai. — Six? vous y entrerez demain[1]! »

Elle prend son étendard; tout le monde la suit aux fossés; elle y jette tout ce qu'on trouve, fagots, portes, tables, solives. Et cela allait si vite

---

1. Procès ms. de Révision, déposition de Simon Charles.

que les gens de la ville crurent qu'en un moment
il n'y aurait plus de fossés. Les Anglais commencèrent à s'éblouir, comme à Orléans; ils croyaient
voir une nuée de papillons blancs qui voltigeaient
autour du magique étendard. Les bourgeois, de
leur côté, avaient grand'peur, se souvenant que
c'était à Troyes que s'était conclu le traité qui dés-
héritait Charles VII; ils craignaient qu'on ne fît un
exemple de leur ville; ils se réfugiaient déjà aux
églises; ils criaient qu'il fallait se rendre. Les gens
de guerre ne demandaient pas mieux. Ils parle-
mentèrent, et obtinrent de s'en aller avec tout ce
qu'ils avaient.

Ce qu'ils avaient, c'étaient surtout des prisonniers,
des Français. Les conseillers de Charles VII qui
dressèrent la capitulation n'avaient rien stipulé
pour ces malheureux. La Pucelle y songea seule.
Quand les Anglais sortirent avec leurs prisonniers
garrottés, elle se mit aux portes, et s'écria : « O
mon Dieu! ils ne les emmèneront pas! » Elle les
retint en effet, et le roi paya leur rançon.

Maître de Troyes le 9 juillet, il fit le 15 son entrée à Reims; et le 17 (dimanche) il fut sacré. Le
matin même, la Pucelle mettant, selon le précepte
de l'Évangile, la réconciliation avant le sacrifice,
dicta une belle lettre pour le duc de Bourgogne;
sans rien rappeler, sans irriter, sans humilier personne, elle lui disait avec beaucoup de tact et de

noblesse : « Pardonnez l'un à l'autre de bon cœur, comme doivent faire loyaux chrétiens. »

Charles VII fut oint par l'archevêque de l'huile de la sainte ampoule qu'on apporta de Saint-Remi. Il fut, conformément au rituel antique[1], soulevé sur son siége par les pairs ecclésiastiques, servi des pairs laïques et au sacre et au repas. Puis il alla à Saint-Marcou toucher les écrouelles[2]. Toutes les cérémonies furent accomplies, sans qu'il y manquât rien. Il se trouva le vrai roi, et le seul, dans les croyances du temps. Les Anglais pouvaient désormais faire sacrer Henri; ce nouveau sacre ne pouvait être, dans la pensée des peuples, qu'une parodie de l'autre.

Au moment où le roi fut sacré, la Pucelle se jeta à genoux, lui embrassant les jambes et pleurant à chaudes larmes. Tout le monde pleurait aussi.

On assure qu'elle lui dit : « O gentil roi, maintenant est fait le plaisir de Dieu qui voulait que je fisse lever le siége d'Orléans, et que je vous amenasse en votre cité de Reims, recevoir votre saint sacre, montrant que vous êtes vrai roi, et qu'à vous doit appartenir le royaume de France. »

1. Voy. Varin, *Archives de Reims*, et mes *Origines du droit.*
2. Un anonyme du XIIᵉ siècle parle déjà de ce don transmis à nos rois par saint Marculphe. *Acta SS. ord. S. Bened.*, t. VI. M. de Reiffenberg donne la liste des auteurs qui en ont fait mention. Notes de son édition de Barante, t. IV, p. 261.

La Pucelle avait raison ; elle avait fait et fini ce qu'elle avait à faire. Aussi, dans la joie même de cette triomphante solennité, elle eut l'idée, le pressentiment peut-être, de sa fin prochaine. Lorsqu'elle entrait à Reims avec le roi, et que tout le peuple venait au-devant en chantant des hymnes : « O le bon et dévot peuple ! dit-elle.... Si je dois mourir, je serais bien heureuse que l'on m'enterrât ici ! — Jeanne, lui dit l'archevêque, où croyez-vous donc mourir ? — Je n'en sais rien, où il plaira à Dieu.... Je voudrais bien qu'il lui plût que je m'en allasse garder les moutons avec ma sœur et mes frères.... Ils seraient si joyeux de me revoir !... J'ai fait du moins ce que Notre-Seigneur m'avait commandé de faire. » Et elle rendit grâces en levant les yeux au ciel. Tous ceux qui la virent en ce moment, dit la vieille chronique, « crurent mieux que jamais que c'estoit chose venue de la part de Dieu[1]. »

III.

Jeanne est trahie et livrée.

Telle fut la vertu du sacre et son effet tout-puissant dans la France du nord, que dès lors l'expédition sembla n'être qu'une paisible prise de pos-

1. *Chronique de la Pucelle,* collection Petitot, t. VIII, p. 206, 207. *Notices des mss.,* t. III, p. 369, déposition de Dunois.

session, un triomphe, une continuation de la fête
de Reims. Les routes s'aplanissaient devant le roi,
les villes ouvraient leurs portes et baissaient leurs
ponts-levis. C'était comme un royal pèlerinage de
la cathédrale de Reims à Saint-Médard de Soissons,
à Notre-Dame de Laon. S'arrêtant quelques jours
dans chaque ville, chevauchant à son plaisir, il
entra dans Château-Thierry, dans Provins, d'où,
bien refait et reposé, il reprit vers la Picardie sa
promenade triomphale.

Y avait-il encore des Anglais en France? on eût
pu vraiment en douter. Depuis l'affaire de Patay,
on n'entendait plus parler de Bedford. Ce n'était
pas que l'activité ou le courage lui manquât. Mais
il avait usé ses dernières ressources. On peut juger
de sa détresse par un seul fait qui en dit beaucoup; c'est qu'il ne pouvait plus payer son parlement, que cette cour cessa tout service, et que
l'entrée même du jeune roi Henri ne put être, selon l'usage, écrite avec quelque détail sur les registres, « parce que le parchemin manquait[1]. »

Dans une telle situation, Bedford n'avait pas le
choix des moyens. Il fallut qu'il se remît à l'homme

---

1. « Ob defectum pergameni et eclipsim justiciæ. » Registre du
parlement, cité dans la préface du tome XIII des *Ordonnances*,
p. LXVII. « Pour escripre les plaidoieries et les arretz.... plusieurs
fois a convenu par nécessité..., que les greffiers.... à leurs des-
pens aient acheté et paié le parchemin. » *Archives*, registres du
parlement, samedi, 20e jour de janvier 1431.

qu'il aimait le moins, à son oncle, le riche et
tout-puissant cardinal de Winchester. Mais celui-
ci, non moins avare qu'ambitieux, se faisait mar-
chander et spéculait sur le retard[1]. Le traité ne fut
conclu que le 1er juillet, le surlendemain de la dé-
faite de Patay. Charles VII entrait à Troyes, à
Reims; Paris était en alarmes, et Winchester était
encore en Angleterre. Bedford, pour assurer Paris, appela le duc de Bourgogne. Il vint en effet,
mais presque seul; tout le parti qu'en tira le régent, ce fut de le faire figurer dans une assemblée
de notables, de le faire parler, et répéter encore
la lamentable histoire de la mort de son père. Cela
fait, il s'en alla, laissant pour tout secours à Bedford quelques hommes d'armes picards; encore
fallut-il qu'en retour on lui engageât la ville de
Meaux[2].

Il n'y avait d'espoir qu'en Winchester. Ce prêtre
régnait en Angleterre. Son neveu, le *protecteur*
Glocester, chef du parti de la noblesse, s'était
perdu à force d'imprudences et de folies. D'année

1. Dès le 15 juin, on presse des vaisseaux pour son passage; les
conditions auxquelles il veut bien aider le roi, son neveu, ne sont
réglées que le 18; le traité est du 1er juillet, et le 16, le régent et
le conseil de France en sont encore à prier Winchester de venir et
d'amener le roi au plus vite. Voy. tous ces actes dans Rymer,
3e éd., t. IV, p. 144-150.

2. On lui donna en outre vingt mille livres, pour payement de
gens d'armes. Archives, Trésor des chartes, J, 249, quittance du
8 juillet 1429.

en année, son influence avait diminué dans le
conseil; Winchester y dominait et réduisait à rien
le protecteur, jusqu'à rogner le salaire du protec-
torat d'année en année[1]; c'était le tuer, dans un
pays où chaque homme est coté strictement au
taux de son traitement. Winchester, au contraire,
était le plus riche des princes anglais, et l'un des
grands bénéficiers du monde. La puissance suivit
l'argent, comme il arrive. Le cardinal et les riches
évêques de Cantorbéry, d'York, de Londres, d'Ely,
de Bath, constituaient le conseil; s'ils y laissaient
siéger des laïques, c'était à condition qu'ils ne di-
raient mot, et aux séances importantes on ne les
appelait même pas. Le gouvernement anglais,
comme on pouvait le prévoir dès l'avénement des
Lancastre, était devenu tout épiscopal. Il y paraît aux
actes de ce temps. En 1429, le chancelier ouvre le
parlement par une sortie terrible contre l'hérésie[2].

Pour porter au plus haut point la puissance du
cardinal, il fallait que Bedford fût aussi bas en

1. Turner, vol. III, p. 2-6.
2. Cette royauté des évêques se marque fortement dans un fait
très-peu connu. Les francs-maçons avaient été signalés dans un
statut de la troisième année d'Henri VI comme formant des asso-
ciations contraires aux lois, leurs chapitres annuels défendus, etc.
En 1429, lorsque l'influence du protecteur Glocester fut annulée
par celle de son oncle, le cardinal, nous voyons l'archevêque de
Cantorbéry former une loge de francs-maçons et s'en déclarer le
chef. *The early history of free masonry in England*, by James
Orchard Halliwel, London, 1840, p. 95.

France que l'était Glocester en Angleterre, qu'il en
fût réduit à appeler Winchester, et que celui-ci,
à la tête d'une armée, vînt faire sacrer le jeune
Henri VI. Cette armée, Winchester l'avait toute
prête; chargé par le pape d'une croisade contre les
hussites de Bohême, il avait sous ce prétexte en-
gagé quelques milliers d'hommes. Le pape lui avait
donné l'argent des indulgences pour les mener en
Bohême; le conseil d'Angleterre lui donna encore
plus d'argent pour les retenir en France[1]. Le cardinal, au grand étonnement des croisés, se trouva
les avoir vendus; il en fut deux fois payé, payé
pour une armée qui lui servait à se faire roi.

Avec cette armée, Winchester devait s'assurer
de Paris, y mener le petit Henri, l'y sacrer. Mais
ce sacre n'assurait la puissance du cardinal qu'autant qu'il réussirait à décrier le sacre de Charles VII, à déshonorer ses victoires, à le perdre
dans l'esprit du peuple. Contre Charles VII en
France, contre Glocester en Angleterre, il employa,
comme on verra, un même moyen, fort efficace
alors : un procès de sorcellerie.

Ce fut seulement le 25 juillet, lorsque depuis
neuf jours Charles VII était bien et dûment sacré,
que le cardinal entra avec son armée à Paris. Bedfort ne perdit pas un moment; il partit avec ses

1. Rymer, t. IV, p. 159, 165, etc.

troupes pour observer Charles VII[1]. Deux fois ils
furent en présence, et il y eut quelques escarmou-
ches. Bedford craignait pour la Normandie; il la
couvrit, et pendant ce temps, le roi marcha sur
Paris (août).

Ce n'était pas l'avis de la Pucelle; ses voix lui
disaient de ne pas aller plus avant que Saint-Denis.
La ville des sépultures royales était, comme celle
du sacre, une ville sainte; au delà, elle pressen-
tait quelque chose sur quoi elle n'avait plus d'action. Charles VII eût dû penser de même. Cette
inspiration de sainteté guerrière, cette poésie de
croisade qui avait ému les campagnes, n'y avait-il
pas danger à la mettre en face de la ville raison-
neuse et prosaïque, du peuple moqueur, des scolastiques et des cabochiens?

L'entreprise était imprudente. Une telle ville ne
s'emporte pas par un coup de main; on ne la
prend que par les vivres; or les Anglais étaient
maîtres de la Seine par en haut et par en bas. Ils
étaient en force, et soutenus par bon nombre d'habitants qui s'étaient compromis pour eux. On fai-

1. Le défi de Bedford « A Charles de Valois » est écrit dans la
langue dévote et dans les formes hypocrites qui caractérisent généralement les actes de la maison de Lancastre : « Ayez pitié et compassion du povre peuple chrestien.... Prenez au pays de Brie aucune
place aux champs.... Et lors, si vous voulez aucune chose offrir, re-
gardant au bien de la paix, nous laisserons et ferons tout ce que bon
prince catholique peut et doit faire. » (Monstrelet, t. V, p. 241, 7 août.)

sait d'ailleurs courir le bruit que les Armagnacs
venaient détruire, raser la ville.

Les Français emportèrent néanmoins un boulevard. La Pucelle descendit dans le premier fossé ;
elle franchit le dos d'âne qui séparait ce fossé du
second. Là, elle s'aperçut que ce dernier, qui cei-
gnait les murs, était rempli d'eau. Sans s'inquiéter
d'une grêle de traits qui tombaient autour d'elle,
elle cria qu'on apportât des fascines, et cependant
de sa lance elle sondait la profondeur de l'eau.
Elle était là presque seule, en butte à tous les
traits ; il en vint un qui lui traversa la cuisse. Elle
essaya de résister à la douleur et resta pour encou-
rager les troupes à donner l'assaut. Enfin, perdant beaucoup de sang, elle se retira à l'abri dans
le premier fossé ; jusqu'à dix ou onze heures du
soir on ne put la décider à revenir. Elle paraissait
sentir que cet échec solennel sous les murs mêmes
de Paris devait la perdre sans ressource.

Quinze cents hommes avaient été blessés dans
cette attaque, qu'on l'accusait à tort d'avoir conseillée. Elle revint, maudite des siens, comme des
ennemis. Elle ne s'était pas fait scrupule de donner
l'assaut le jour de la Nativité de Notre-Dame (8 sep-
tembre) ; la pieuse ville de Paris en avait été fort
scandalisée[1].

---

1. Ici la violence du Bourgeois est amusante : « Estoient pleins
de si grant maleur et de si malle créance, que, pour le dit d'une

La cour de Charles VII l'était encore plus. Les libertins, les politiques, les dévots aveugles de la lettre, ennemis jurés de l'esprit, tous se déclarent bravement contre l'esprit, le jour où il semble faiblir. L'archevêque de Reims, chancelier de France, qui n'avait jamais été bien pour la Pucelle, obtint, contre son avis, que l'on négocierait. Il vint à Saint-Denis demander une trêve ; peut-être espérait-il en secret gagner le duc de Bourgogne, alors à Paris.

Mal voulue, mal soutenue, la Pucelle fit pendant l'hiver les siéges de Saint-Pierre-le-Moustier et de la Charité. Au premier, presque abandonnée [1], elle donna pourtant l'assaut et emporta la ville. Le siége de la Charité traîna, languit et une terreur panique dispersa les assiégeants.

Cependant les Anglais avaient décidé le duc de

créature qui estoit en forme de femme avec eulx, qu'on nommoit la Pucelle (que c'estoit? Dieu le scet), le jour de la Nativité Notre-Dame firent conjuration.... de celui jour assaillir Paris.... » *Journal du Bourgeois de Paris*, éd. Buchon, p. 395.

1. Lorsqu'on eut sonné la retraite, Daulon aperçut la Pucelle à l'écart avec les siens : « et lui demanda qu'elle faisoit là ainsi seule, pour quoy elle ne se retyroit comme les autres ; laquelle, après ce qu'elle eut osté sa salade de dessus sa tête, lui respondit qu'elle n'estoit point seule, et que encore avoit-elle en sa compaignie cinquante mille de ses gens, et que d'illec ne se partiroit, jusque ad ce qu'elle eût prinse ladite ville. Il dict il qui parle que à celle heure, quelque chose qu'elle dict, n'avoit pas avec elle plus de quatre ou cinq hommes. » Déposition de Daulon, *Notices des mss.*, III, 370.

Bourgogne à les aider sérieusement. Plus il les voyait faibles, plus il avait l'espoir de garder les places qu'il pourrait prendre en Picardie. Les Anglais, qui venaient de perdre Louviers, se mettaient à sa discrétion. Ce prince, le plus riche de la chrétienté, n'hésitait plus à mettre de l'argent et des hommes dans une guerre dont il espérait avoir le profit. Pour quelque argent il gagna le gouverneur de Soissons. Puis il assiégea Compiègne, dont le gouverneur était aussi un homme fort suspect. Mais les habitants étaient trop compromis dans la cause de Charles VII pour laisser livrer leur ville. La Pucelle vint s'y jeter. Le jour même, elle fit une sortie et faillit surprendre les assiégeants. Mais ils furent remis en un moment et poussèrent vivement les assiégés jusqu'au boulevard, jusqu'au pont. La Pucelle, restée en arrière pour couvrir la retraite, ne put rentrer à temps, soit que la foule obstruât le pont, soit qu'on eût déjà fermé la barrière. Son costume la désignait; elle fut bientôt entourée, saisie, tirée à bas de cheval. Celui qui l'avait prise, un archer picard, selon d'autres le bâtard de Vendôme, la vendit à Jean de Luxembourg. Tous, Anglais, Bourguignons, virent avec étonnement que cet objet de terreur, ce monstre, ce diable, n'était après tout qu'une fille de dix-huit ans.

Qu'il en dût advenir ainsi, elle le savait d'avance ; cette chose cruelle était infaillible, disons-le, nécessaire. Il fallait qu'elle souffrit. Si elle n'eût pas eu l'épreuve et la purification suprême, il serait resté sur cette sainte figure des ombres douteuses parmi les rayons ; elle n'eût pas été dans la mémoire des hommes LA PUCELLE D'ORLÉANS.

Elle avait dit en parlant de la délivrance d'Orléans et du sacre de Reims : « C'est pour cela que je suis née. » Ces deux choses accomplies, sa sainteté était en péril.

Guerre, sainteté, deux mots contradictoires ; il semble que la sainteté soit tout l'opposé de la guerre, qu'elle soit plutôt l'amour et la paix. Quel jeune courage se mêlera aux batailles sans partager l'ivresse sanguinaire de la lutte et de la victoire ?... Elle disait à son départ qu'elle ne voulait se servir de son épée pour tuer personne. Plus tard, elle parle avec plaisir de l'épée qu'elle portait à Compiègne, « excellente, dit-elle, pour frapper d'estoc et de taille [1]. » N'y a-t-il pas là l'indice d'un changement? la sainte devenait un capitaine. Le duc d'Alençon dit qu'elle avait une singulière aptitude pour l'arme moderne, l'arme meurtrière, celle de l'artillerie. Chef de soldats indisciplinables, sans cesse affligée, blessée de leurs désordres, elle devenait rude et colérique, au moins pour les ré-

1. « Bonus ad dandum *de bonnes buffes et de bons torchons.* » Procès ms., 27 februarii 1431.

primer. Elle était surtout impitoyable pour les femmes de mauvaise vie qu'ils traînaient après eux. Un jour, elle frappa de l'épée de sainte Catherine, du plat de l'épée seulement, une de ces malheureuses. Mais la virginale épée ne soutint pas le contact; elle se brisa, et ne se laissa reforger jamais[1].

Peu de temps avant d'être prise, elle avait pris elle-même un partisan bourguignon, Franquet d'Arras, un brigand exécré dans tout le nord. Le bailli royal le réclama pour le pendre. Elle le refusa d'abord, pensant l'échanger; puis, elle se décida à le livrer à la justice[2]. Il méritait cent fois la corde; néanmoins d'avoir livré un prisonnier, consenti à la mort d'un homme, cela dut altérer, même aux yeux des siens, son caractère de sainteté.

Malheureuse condition d'une telle âme tombée dans les réalités de ce monde! elle devait chaque jour perdre quelque chose de soi. Ce n'est pas impunément qu'on devient tout à coup riche, noble, honoré, l'égal des seigneurs et des princes. Ce beau costume, ces lettres de noblesse, ces grâces du roi, tout cela aurait sans doute à la longue al-

1. Voy. la déposition du duc d'Alençon, et Jean Chartier, éd. Godefroy, p. 29, 42.

2. « Elle fut consentante de le faire mourir.... pour ce qu'il confessast estre meurtrier, larron et traistre. » (Interrogatoire du 14 mars 1431.)

téré sa simplicité héroïque. Elle avait obtenu pour son village l'exemption de la taille, et le roi avait donné à l'un de ses frères la prévôté de Vaucouleurs.

Mais le plus grand péril pour la sainte, c'était sa sainteté même, les respects du peuple, ses adorations. A Lagny, on la pria de ressusciter un enfant. Le comte d'Armagnac lui écrivit pour lui demander de décider lequel des papes il fallait suivre[1]. Si l'on s'en rapportait à sa réponse (peut-être falsifiée), elle aurait promis de décider à la fin de la guerre, se fiant à ses voix intérieures pour juger l'autorité elle-même.

Et pourtant ce n'était pas orgueil. Elle ne se donna jamais pour sainte; elle avoua souvent qu'elle ignorait l'avenir. On lui demanda la veille d'une bataille si le roi la gagnerait; elle dit qu'elle n'en savait rien. A Bourges, des femmes la priant de toucher des croix et des chapelets, elle se mit à rire et dit à la dame Marguerite, chez qui elle logeait : « Touchez-les vous-même; ils seront tout aussi bons[2]. »

C'était, nous l'avons dit, la singulière originalité de cette fille, le bon sens dans l'exaltation. Ce fut aussi, comme on verra, ce qui rendit ses juges

---

1. Dans Berriat-Saint-Prix, p. 337, et dans Buchon, p. 539, édition de 1838.

2. Procès de Révision, déposition de Marguerite la Touroulde.

implacables. Les scolastiques, les raisonneurs qui la haïssaient comme inspirée, furent d'autant plus cruels pour elle, qu'ils ne purent la mépriser comme folle et que souvent elle fit taire leurs raisonnements devant une raison plus haute.

Il n'était pas difficile de prévoir qu'elle périrait. Elle s'en doutait bien elle-même. Dès le commencement, elle avait dit : « Il me faut employer; je ne durerai qu'un an, ou guère plus. » Plusieurs fois, s'adressant à son chapelain, frère Pasquerel, elle répéta : « S'il faut que je meure bientôt, dites de ma part au roi, notre seigneur, qu'il fonde des chapelles où l'on prie pour le salut de ceux qui seront morts pour la défense du royaume[1]. »

Ses parents lui ayant demandé, quand ils la revirent à Reims, si elle n'avait donc peur de rien : « Je ne crains rien, dit-elle, que la trahison[2]. »

Souvent, à l'approche du soir, quand elle était en campagne, s'il se trouvait là quelque église, surtout de moines mendiants, elle y entrait volontiers et se mêlait avec les petits enfants qu'on préparait à la communion. Si l'on en croit une ancienne chronique, le jour même qu'elle devait être prise, elle alla communier à l'église Saint-Jacques de Compiègne, elle s'appuya tristement contre un

---

1 Procès de Révision, déposition de frère Jean Pasquerel.
2. *Ibidem*, déposition de Spinal.

des piliers, et dit aux bonnes gens et aux enfants
qui étaient là en grand nombre : « Mes bons amis
et mes chers enfants, je vous le dis avec assurance,
il y a un homme qui m'a vendue; je suis trahie et
bientôt je serai livrée à la mort. Priez Dieu pour
moi, je vous supplie; car je ne pourrai plus servir
mon roi ni le noble royaume de France[1]. »

Il est probable que la Pucelle fut marchandée,
achetée, comme on venait d'acheter Soissons. Les
Anglais en auraient donné tout l'or du monde,
dans un moment si critique, lorsque leur jeune
roi débarquait en France. Mais les Bourguignons
voulaient l'avoir, et ils l'eurent; c'était l'intérêt,
non-seulement du duc, du parti bourguignon en
général, mais directement celui de Jean de Ligny
qui s'empressa d'acheter la prisonnière.

Que la Pucelle fût tombée entre les mains d'un
noble seigneur de la maison de Luxembourg, d'un
vassal du chevaleresque duc de Bourgogne[2], du *bon*
duc, comme on disait, c'était une grande épreuve
pour la chevalerie du temps. Prisonnière de guerre,
fille, si jeune fille, vierge surtout, parmi de loyaux
chevaliers, qu'avait-elle à craindre[3]? On ne parlait

1. Barante, d'après les *Chroniques de Bretagne.*
2. « Laquelle icelui duc alla voir au logis où elle estoit, et parla
à elles aucunes paroles, dont je ne suis mie bien recors, jà soit ce
que j'y estois présent. » (Monstrelet, V, 294.)
3. Voy. ce que j'ai dit plus haut sur l'influence des femmes au
moyen âge, sur Héloïse, sur Blanche de Castille, sur Laure, etc.

que de chevalerie, de protection des dames et damoiselles affligées ; le maréchal Boucicaut venait de fonder un ordre qui n'avait pas d'autre objet[1]. D'autre part, le culte de la Vierge, toujours en progrès dans le moyen âge, étant devenu la religion dominante[2], la virginité semblait devoir être une sauvegarde inviolable.

Pour expliquer ce qui va suivre, il faut faire connaître le désaccord singulier qui existait alors entre les idées et les mœurs, il faut, quelque choquant que puisse être le contraste, placer en regard du trop sublime idéal, en face de la Pucelle, les basses réalités de l'époque ; il faut (j'en demande pardon à la chaste fille qui fait le sujet

1. « Font à scavoir les treize chevaliers compaignons, portans en leur devise l'escu verd à la Dame blanche, premièrement, pourceque tout chevalier est tenu de droict de vouloir garder et défendre l'honneur, l'estat, les biens, la renommée et la louange de toutes dames et damoiselles, etc. » *Livre des faicts du maréchal de Boucicault*, collection Petitot, VI, 507.

2. Les fêtes de la Vierge vont toujours se multipliant : Annonciation, Présentation, Assomption, etc. Dans l'origine, sa fête principale est la *Purification ;* au xiie siècle, elle a si peu besoin d'être purifiée, que la Conception *immaculée* triomphe de toute opposition et devient presque un dogme. M. Didron a remarqué que la Vierge, d'abord vieille dans les peintures des catacombes, rajeunit peu à peu dans le moyen âge. Voy. son *Iconographie chrétienne.* — Dès le xviie siècle, la Vierge perd beaucoup ; on se moqua de l'ambassadeur du roi d'Espagne, qui, de la part du roi son maître, demandait à Louis XIV d'admettre la Conception *immaculée.*

de ce récit) descendre au fond de ce monde de convoitise et de concupiscence. Si nous ne le connaissions pas tel qu'il fut, nous ne pourrions comprendre comment les chevaliers livrèrent celle qui semblait la chevalerie vivante, comment, sous ce règne de la Vierge, la Vierge apparut pour être méconnue si cruellement.

La religion de ce temps-là, c'est moins la Vierge que la femme; la chevalerie, c'est celle du petit Jehan de Saintré[1]; seulement le roman est plus chaste que l'histoire.

Les princes donnent l'exemple. Charles VII reçoit Agnès en présent de la mère de sa femme, de la vieille reine de Sicile; mère, femme, maîtresse, il les mène avec lui, tout le long de la Loire, en douce intelligence.

Les Anglais, plus sérieux, ne veulent d'amour que dans le mariage; Glocester épouse Jacqueline; parmi les dames de Jacqueline, il en remarque une, belle et spirituelle, il l'épouse aussi[2].

Mais la France, mais l'Angleterre, en cela, comme en tout, le cèdent de beaucoup à la Flandre[3], au comte de Flandre, au grand duc de Bour-

---

1. Voy. le tome IV de notre *Histoire de France*.

2. Selon quelques-uns, cette dame était déjà sa maîtresse; quoi qu'il en soit, le fait de la bigamie est incontestable. (Cf. Lingard, Turner, etc.)

3. J'ai caractérisé déjà cette grasse et molle Flandre. J'ai dit

gogne. La légende expressive des Pays-Bas est celle de la fameuse comtesse qui mit au monde trois cent soixante-cinq enfants[1]. Les princes du pays, sans aller jusque-là, semblent du moins essayer d'approcher. Un comte de Clèves a soixante-trois bâtards[2]. Jean de Bourgogne, évêque de Cambrai, officie pontificalement avec ses trente-

comment, avec sa coutume féminine, elle a sans cesse passé d'un maître à l'autre, convolé de mari en mari. Les Flamandes ont souvent fait comme la Flandre. Les divorces sont communs dans ce pays (Quételet, *Recherches*, 1822, p. 101). Sous ce point de vue, l'histoire de Jacqueline est fort curieuse ; la vaillante comtesse aux quatre maris, qui défendit ses domaines contre le duc de Bourgogne, ne se garda pas si bien elle-même. Elle finit par troquer la Hollande contre un dernier époux. Retirée avec lui dans un vieux donjon, elle s'amusait, dit-on, tout en tirant au perroquet, à jeter dans les fossés des cruches, bien vidées, par-dessus sa tête. On assure qu'une de ces cruches retirées des fossés portait une inscription de quatre vers, dont voici le sens : « Sachez que dame Jacqueline, ayant bu une seule fois dans cette cruche, la jeta par-dessus sa tête dans le fossé où elle disparut. » (Reiffenberg, notes sur Barante, IV, 396 ; voy. les *Archives du nord de la France*, t. IV, 1re livraison, d'après un ms. de la bibl. de l'Université de Louvain, et le travail que prépare M. Van Ertborn.) — Le 1er décembre 1434, Jacqueline fit exposer les causes de nullité de son mariage avec le duc de Brabant : « Doudit mariage et alliance sentoit sa conscience blechie, se estoit confiessée et l'en avoit estet baillie absolution, moyennant XII ct. couronnes à donner en amosnes et en penance de corps que elle avoit accomplit. » *Particularités curieuses sur Jacqueline de Bavière*, p. 76, in-8°, Mons, 1838.

1. *Art de vérifier les dates*, Hollande, année 1276, III, 184.

2. *Ibidem*, Clèves, III, 184. La partie relative aux Pays-Bas est, comme on le sait maintenant, du chanoine Ernst, le savant auteur de l'*Histoire du Limbourg*, éditée par M. Lavalleye, Liége, 1837.

six bâtards et fils de bâtards qui le servent à l'autel[1].

Philippe le Bon n'eut que seize bâtards[2], mais il n'eut pas moins de vingt-sept femmes, trois légitimes et vingt-quatre maîtresses[3]. Dans ces tristes années de 1429 et 1430, pendant cette tragédie de la Pucelle, il était tout entier à la joyeuse affaire de son troisième mariage. Cette fois, il épousait une infante de Portugal, Anglaise par sa mère, Philippa de Lancastre[4]. Aussi les Anglais eurent beau lui donner le commandement de Paris[5], ils ne purent le retenir; il avait hâte de laisser ce pays de famine, de retourner en Flandre, d'y recevoir sa jeune épousée. Les actes, les cérémonies, les fêtes, célébrées, interrompues, reprises, remplirent des mois entiers. A Bruges surtout, il y eut

1. Reiffenberg, *Hist. de la Toison d'or*, p. xxv de l'introduction.

2. Il reste je ne sais combien de lettres et d'actes de cet excellent prince, relativement aux nourritures de bâtards, pensions de mères et nourrices, etc. (Voy. particulièrement *Archives de Lille,* chambre des comptes, inventaire, t. VIII.)

3. Reiffenberg, *Histoire de la Toison d'or,* introd., p. xxv.

4. Le père était le brave bâtard Jean Ier qui venait de fonder en Portugal une nouvelle dynastie, comme le bâtard Transtamare en Castille. C'était le beau temps des bâtards. L'habile et hardi Dunois avait déclaré à douze ans qu'il n'était pas fils du riche et ridicule Canny, qu'il ne voulait pas de sa succession, qu'il s'appelait le « bâtard d'Orléans. »

5. Les Anglais semblent y avoir été forcés : « Fut par les Parisiens requis au duc de Bourgogne qu'il lui plût à entreprendre le gouvernement de Paris. » (Monstrelet, V, 264.)

des galas inouïs, de fabuleuses réjouissances, des prodigalités insensées, à ruiner tous les seigneurs; et les bourgeois les éclipsaient. Les dix-sept nations qui avaient leurs comptoirs à Bruges, y étalèrent les richesses du monde. Les rues étaient tendues des beaux et doux tapis de Flandre. Pendant huit jours et huit nuits coulaient les vins à flot, les meilleurs; un lion de pierre versait le vin du Rhin, un cerf celui de Beaune, une licorne, aux heures des repas, lançait l'eau de rose et le malvoisie[1].

Mais la splendeur de la fête flamande, c'étaient les Flamandes, les triomphantes beautés de Bruges, telles que Rubens les a peintes dans sa Madeleine de la Descente de croix. La Portugaise ne dut pas prendre plaisir à voir ses nouvelles sujettes. Déjà l'Espagnole Jeanne de Navarre s'était dépitée en les voyant, et elle avait dit malgré elle : « Je ne vois ici que des reines[2]. »

Le jour de son mariage (10 janvier 1430), Philippe le Bon institua l'ordre de la Toison d'or[3],

___

1. Monstrelet, V, 275, etc.

2. Voy. t. III de notre histoire.

3. L'allégorisme absurde du XVᵉ siècle crut voir dans l'ordre de la Toison le triomphe des drapiers de Flandre. Il n'y avait pourtant pas moyen de s'y tromper. Le galant fondateur joignait à la toison un collier de pierres à feu, avec ce mot : *Ante ferit quam flamma micat*. On y chercha vingt sens; il n'y en a qu'un. La Jarretière d'Angleterre avec sa devise prude, la Rose de Savoie, ne sont pas plus obscures.

« conquise par Jason, » et il prit la conjugale et rassurante devise : « Autre n'auray. »

La nouvelle épouse s'y fia-t-elle? cela est douteux. Cette toison de Jason, ou de Gédéon[1] (comme l'Église se hâta de la baptiser), était, après tout, la toison d'*or*, elle rappelait ces flots dorés, ces ruisselantes chevelures d'or que Van Eyck, le grand peintre de Philippe le Bon[2], jette amoureusement sur les épaules de ses saintes. Tout le monde vit dans l'ordre nouveau le triomphe de la beauté blonde, de la beauté jeune, florissante du nord, en dépit des sombres beautés du midi. Il semblait que le prince flamand, consolant les Flamandes, leur adressait ce mot à double entente : « Autre n'auray. »

Sous ces formes chevaleresques, gauchement imitées des romans, l'histoire de la Flandre en ce temps n'en est pas moins comme une fougueuse kermesse, joyeuse et brutale. Sous prétexte de tournois, de pas d'armes, de banquets de la Table ronde, ce ne sont que galanteries, amours faciles

---

1. Plus tard encore, le prince vieillissant, on fit de Jason *Josué* (Reiffenberg, *Histoire de la Toison d'or*, p. 22-24). J'insiste ailleurs sur l'importance politique de cet ordre.

2. Je parle au t. V de mon histoire, de la révolution que ce grand homme fit dans les arts. Il fut valet de chambre, puis conseiller de Philippe le Bon. Il faisait partie de l'ambassade qui alla chercher l'infante Isabelle en Portugal. Voy. la relation, dans les *Documents inédits* publiés par M. Gachard, II, 63-91.

et vulgaires, interminables bombances[1]. La vraie
devise de l'époque est celle que le sire de Ternant
osa prendre aux joutes d'Arras : « Que j'aie de
mes désirs assouvissance, et jamais d'autre bien[2] ! »

Ce qui pouvait surprendre, c'est que parmi les
fêtes folles, les magnificences ruineuses, les affaires du comte de Flandre semblaient n'en aller que
mieux. Il avait beau donner, perdre, jeter, il lui
en venait toujours davantage. Il allait grossissant
et s'arrondissant de la ruine générale. Il n'y eut
d'obstacle qu'en Hollande ; mais il acquit sans
grande peine les positions dominantes de la Somme
et de la Meuse, Namur, Péronne. Les Anglais, outre Péronne, lui mirent entre les mains Bar-sur-
Seine, Auxerre, Meaux, les avenues de Paris, enfin Paris même.

Bonheur sur bonheur; la fortune allait le char-
geant et le surchargeant. Il n'avait pas le temps de
respirer. Elle fit tomber au pouvoir d'un de ses
vassaux la Pucelle, ce précieux gage que les Anglais auraient acheté à tout prix. Et au même moment, sa situation se compliquant d'un nouveau
bonheur, la succession du Brabant s'ouvrit, mais

---

1. La fête des *mangeurs et buveurs* a été célébrée encore
en 1840 à Dilbeck et Zelick. On y donne en prix une dent
d'argent au meilleur mangeur, un robinet d'argent au meilleur
buveur.

2. Note de Reiffenberg sur Barante, V, 264.

il ne pouvait la recueillir, s'il ne s'assurait de l'a-
mitié des Anglais.

Le duc de Brabant parlait de se remarier, de se
faire des héritiers. Il mourut à point pour le duc
de Bourgogne[1]. Celui-ci avait à peu près tout ce
qui entoure le Brabant, je veux dire la Flandre,
le Hainaut, la Hollande, Namur et le Luxembourg.
Il lui manquait la province centrale, la riche Louvain, la dominante Bruxelles. La tentation était
forte. Aussi ne fit-il aucune attention aux droits de
sa tante[2], de laquelle pourtant il tenait les siens;
il immola même les droits de ses pupilles, son
propre honneur, sa probité de tuteur[3]. Il mit la
main sur le Brabant. Pour le garder, pour termi-
ner les affaires de Hollande et de Luxembourg,
pour repousser les Liégeois qui venaient assiéger
Namur[4], il fallait rester bien avec les Anglais,
c'est-à-dire livrer la Pucelle.

1. Mort le 4 août, selon l'*Art de vérifier les dates*, le 8, selon
Meyer. Il négociait avec Réné d'Anjou, héritier de Lorraine, pour
épouser sa fille.

2. Marguerite de Bourgogne, comtesse de Hainaut, fille de Philippe le Hardi et de Marguerite de Flandre, par laquelle l'héritage
féminin de Brabant était venu dans la maison de Bourgogne.

3. La mère de Charles et Jean de Bourgogne (fils du comte de
Nevers, tué à Azincourt), s'était remariée à Philippe le Bon en 1424,
et il partageait avec elle la garde noble de ses deux beaux-fils. Sur
la spoliation de la maison de Nevers, voy. surtout Bibl. royale,
mss., fonds Saint-Victor, n° 1080, fol. 53-96.

4. Monstrelet, V, 298, août 1430.

Philippe le *Bon* était un bon homme, selon les idées vulgaires, tendre de cœur, surtout aux femmes, bon fils, bon père, pleurant volontiers. Il pleura les morts d'Azincourt; mais sa ligue avec les Anglais fit plus de morts qu'Azincourt. Il versa des torrents de larmes sur la mort de son père, puis, pour le venger, des torrents de sang. Sensibilité, sensualité, ces deux choses vont souvent ensemble. Mais la sensualité, la concupiscence, n'en sont pas moins cruelles dans l'occasion. Que l'objet désiré recule, que la concupiscence le voie fuir et se dérober à ses prises, alors elle tourne à la furie aveugle.... Malheur à ce qui fait obstacle!... L'école de Rubens, dans ses bacchanales païennes, mêle volontiers des tigres aux satyres[1] : « **Lust hard by hate**[2]. »

Celui qui tenait la Pucelle entre ses mains, Jean de Ligny, vassal du duc de Bourgogne, se trouvait justement dans la même situation que son suzerain. Il était, comme lui, dans un moment de cupidité, d'extrême tentation. Il appartenait à la glorieuse maison de Luxembourg; l'honneur d'être parent de l'empereur Henri VII et du roi Jean de Bohême valait bien qu'on le ménageât; mais Jean de Ligny était pauvre; il était cadet de cadet[3]. Il

1. Voy., entre autres tableaux, un Jordaens qui appartient à M. Panckoucke.

2. Milton, *Paradise lost*, I, 417.

3. Il était le troisième fils de Jean, seigneur de Beaurevoir, qui, lui-même, était fils puîné de Guy, comte de Ligny.

avait eu l'industrie de se faire nommer seul héritier par sa tante, la riche dame de Ligny et de
Saint-Pol[1]. Cette donation, fort attaquable, allait
lui être disputée par son frère aîné. Dans cette attente, Jean était le docile et tremblant serviteur du
duc de Bourgogne, des Anglais, de tout le monde.
Les Anglais le pressaient de leur livrer la prisonnière, et ils auraient fort bien pu la prendre dans
la tour de Beaulieu en Picardie où ils l'avaient dé-
posée. D'autre part, s'il la laissait prendre, il se
perdait auprès du duc de Bourgogne, son suzerain, son juge dans l'affaire de la succession, et
qui par conséquent pouvait le ruiner d'un seul
mot. Provisoirement il l'envoya à son château de
Beaurevoir, près Cambrai, sur terre d'Empire.

Les Anglais, exaspérés de haine et d'humilia-
tion, pressaient, menaçaient. Leur rage était telle
contre la Pucelle, que, pour en avoir dit du bien,
une femme fut brûlée vive[2]. Si la Pucelle n'était
elle-même jugée et brûlée comme sorcière, si ses
victoires n'étaient rapportées au démon, elles restaient des miracles dans l'opinion du peuple, des
œuvres de Dieu; alors Dieu était contre les Anglais, ils avaient été bien et loyalement battus :

1. La mort de la tante était imminente; elle eut lieu en 1431.
(Voy. l'*Art de vérifier les dates*, comtes de Saint-Pol, III, 780).
2. « Elle disoit.... que dame Jehane.... estoit bonne. » *Journal
du Bourgeois de Paris*, p. 411, édition 1827.

donc leur cause était celle du diable; dans les idées du temps, il n'y avait pas de milieu. Cette conclusion, intolérable pour l'orgueil anglais, l'était bien plus encore pour un gouvernement d'évêques, comme celui de l'Angleterre; pour le cardinal qui dirigeait tout.

Winchester avait pris les choses en main dans un état presque désespéré. Glocester étant annulé en Angleterre, Bedford en France; il se trouvait seul. Il avait cru tout entraîner en amenant le jeune roi à Calais (23 avril), et les Anglais ne bougeaient pas. Il avait essayé de les piquer d'honneur en lançant une ordonnance : « contre ceux qui ont peur des enchantements de la Pucelle[1]. » Cela n'eut aucun effet. Le roi restait à Calais, comme un vaisseau échoué. Winchester devenait éminemment ridicule. Après avoir réduit la croisade de Terre sainte[2] à celle de Bohême, il s'en était tenu à la croisade de Paris. Le belliqueux prélat, qui s'était fait fort d'officier en vainqueur à Notre-Dame et d'y sacrer son pupille, trouvait tous les chemins fermés; de Compiègne, l'ennemi lui barrait la route de Picardie, de Louviers celle de Normandie. Cependant la guerre traînait, l'argent

---

1. « Contra terrificatos incantationibus Puellæ. » (Rymer, t. IV, pars IV, p. 160, 165, 3 mai, 12 décembre 1430.)

2. Projetée par Henri V.

s'écoulait[1], la croisade se perdait en fumée. Le diable apparemment s'en mêlait; le cardinal ne pouvait se tirer d'affaire qu'en faisant le procès au Malin, en brûlant cette diabolique Pucelle.

Il fallait l'avoir, la tirer des mains des Bourguignons. Elle avait été prise le 23 mai; le 26, un message part de Rouen, au nom du vicaire de l'inquisition, pour sommer le duc de Bourgogne et Jean de Ligny de livrer cette femme suspecte de sorcellerie. L'inquisition n'avait pas grande force en France; son vicaire était un moine, fort peureux, un dominicain, et sans doute, comme les autres Mendiants, favorable à la Pucelle. Mais il était à Rouen sous la terreur du tout-puissant cardinal, qui lui tenait l'épée dans les reins. Le cardinal venait de nommer capitaine de Rouen un homme d'exécution, un homme à lui, lord Warwick, gouverneur d'Henri[2]. Warwick avait deux charges fort diverses à coup sûr,

1. Quoique le cardinal se fit donner beaucoup d'argent, il y mettait aussi beaucoup du sien. Un chroniqueur assure que le couronnement se fit *à ses frais;* il fit aussi sans doute les avances nécessaires au procès. — «....Magnificis *suis sumtibus* in regem Franciæ.... coronari.» *Hist. Croyland. contin. apud Gale. Angl. script.*, I, 516.

2. Le petit Henri VI dit dans son ordonnance : « Nous avons choisi le comte de Warwick.... « ad nos erudiendum.... in et de « bonis moribus, literatura, idiomate vario, nutritura et *facetia....* » Rymer, t. IV, pars IV, 1 julii 1428. — Ce *molle atque facetum* qu'Horace attribue à Virgile, comme le don suprême de la grâce, semble un peu étrange, appliqué, comme il l'est ici, au rude geó-

mais toutes deux de haute confiance, la garde du
roi et celle de l'ennemie du roi, l'éducation de
l'un, la surveillance du procès de l'autre[1].

La lettre du moine était une pièce de peu de
poids, on fit écrire en même temps l'Université. Il
semblait difficile que les universitaires aidassent de
bon cœur un procès d'inquisition papale, au moment où ils allaient guerroyer à Bâle contre le
pape pour l'épiscopat. Winchester lui-même, chef
de l'épiscopat anglais, devait préférer un jugement
d'évêques, ou, s'il pouvait, faire agir ensemble
évêques et inquisiteurs. Or, il avait justement à sa
suite et parmi ses gens, un évêque très-propre à
la chose, un évêque mendiant qui vivait à sa table,
et qui assurément jurerait ou jugerait tant qu'on
en aurait besoin.

Pierre Cauchon, évêque de Beauvais, n'était pas
un homme sans mérite. Né à Reims[2], tout près

lier de la Pucelle. Il semble au reste n'avoir guère été plus doux
pour son élève ; la première chose qu'il stipule en acceptant la
charge de gouverneur, c'est le droit de *châtier*. Voy. les articles
qu'il présenta au conseil, Turner, II, 508.

1. Voy. Commission pour faire revue du comte de Warwick,
capitaine des château, ville et pont de Rouen, et d'une lance à
cheval, quatorze à pied et quarante-cinq archers, pour la sûreté du
château, etc. Archives du royaume, K, 63, 22 mars 1430.

2. Voy. sur Cauchon, Du Boulay, *Historia Univers. Parisiensis*, 912. — Le Bourguignon Chastellain, éd. Buchon, 1836, p. 66,
l'appelle : « Très-noble et solempnel clerc. » — Nous avons parlé
ailleurs de son extrême dureté pour les gens d'église du parti

du pays de Gerson, c'était un docteur fort influent
de l'Université, un ami de Clémengis, qui nous
assure qu'il était « bon et bienfaisant[1]. » Cette
bonté ne l'empêcha pas d'être l'un des plus vio-
lents dans le violent parti cabochien. Comme tel,
il fut chassé de Paris en 1413. Il y rentra avec le
duc de Bourgogne, devint évêque de Beauvais, et
sous la domination anglaise, il fut élu par l'Université conservateur de ses priviléges. Mais l'inva-
sion de la France du nord par Charles VII, en
1429, devint funeste à Cauchon; il voulut retenir
Beauvais dans le parti anglais, et fut chassé par
les habitants. Il ne s'amusa pas à Paris, près du
triste Bedford, qui ne pouvait payer le zèle; il alla
où étaient la richesse et la puissance, en Angleterre, près du cardinal Winchester. Il se fit Anglais, il parla anglais. Winchester sentit tout le
parti qu'il pouvait tirer d'un tel homme; il se l'at-
tacha en faisant pour lui autant et plus qu'il n'a-
vait pu jamais espérer. L'archevêque de Rouen venait d'être transféré ailleurs[2]; il le recommanda
au pape pour ce grand siége[3]. Mais ni le pape ni

contraire. Voy. le *Religieux de Saint-Denis*, mss. Baluze, Bibl.
royale, tome dernier, folio 176.

1. Voy. aussi la lettre que Clémengis lui adresse, avec ce ti-
tre : « Contractus amicitiæ mutuæ. » Nicol. de Clemang. epi-
stolæ, II, 323. Voy. aussi l'Introd. de Quicherat.

2. *Gallia christiana*, XI, 87-88.

3. « Litteræ directæ Domino Summo Pontifici pro translatione

le chapitre ne voulaient de Cauchon ; Rouen, alors
en guerre avec l'Université de Paris[1], ne pouvait
prendre pour archevêque un homme de cette Université. Tout fut suspendu ; Cauchon, en présence
de cette magnifique proie, resta bouche béante,
espérant toujours que l'invincible cardinal écarte-
rait les obstacles, plein de dévotion en lui et
n'ayant plus d'autre dieu.

Il se trouvait fort à point que la Pucelle avait
été prise sur la limite du diocèse de Cauchon, non
pas, il est vrai, dans le diocèse même, mais on
espéra faire croire qu'il en était ainsi. Cauchon
écrivit donc, comme juge ordinaire, au roi d'Angleterre, pour réclamer ce procès ; et, le 12 juin,
une lettre royale fit savoir à l'Université que l'évé-
que et l'inquisiteur jugeraient ensemble et concur-
remment. Les procédures de l'inquisition n'étaient
pas les mêmes que celles des tribunaux ordinaires
de l'Église. Il n'y eut pourtant aucune objection.
Les deux justices voulant bien agir ainsi de connivence, une seule difficulté restait : l'inculpée était
toujours entre les mains des Bourguignons.

L'Université se mit en avant ; elle écrivit de

« D. Petri Cauchon, episcopi Belvacensis, ad ecclesiam metropoli-
« tanam Rothomagensem. » Rymer, t. IV, pars IV, p. 152, 15 décembre 1429.

1. Voy. la remontrance de Rouen contre l'Université. Chéruel, 167.

nouveau au duc de Bourgogne, à Jean de Ligny
(14 juillet). Cauchon, dans son zèle, se faisant
l'agent des Anglais, leur courrier, se chargea de
porter lui-même la lettre[1], et la remit aux deux
ducs. En même temps il leur fit une sommation
comme évêque, à cette fin de lui remettre une
prisonnière sur laquelle il avait juridiction. Dans
cet acte étrange, il passe du rôle de juge à celui
de négociateur, et fait des offres d'argent; quoique
cette femme ne puisse être considérée comme prisonnière de guerre, le roi d'Angleterre donnera
deux ou trois cents livres de rente au bâtard de
Vendôme, et à ceux qui la retiennent la somme
de six mille livres. Puis, vers la fin de la lettre, il
pousse jusqu'à dix mille francs, mais il fait valoir
cette offre : « Autant, dit-il, qu'on donnerait pour
un roi ou prince, selon la coutume de France. »

Les Anglais ne s'en fiaient pas tellement aux dé-
marches de l'Université et de Cauchon qu'ils n'em-
ployassent des moyens plus énergiques. Le jour
même où Cauchon présenta sa sommation, ou
le lendemain, le conseil d'Angleterre interdit aux
marchands anglais les marchés des Pays-Bas
(19 juillet), notamment celui d'Anvers, leur dé-
fendant d'y acheter les toiles et les autres objets

---

1. Cauchon recevait des Anglais cent sols par jour, d'après sa
quittance (communiquée par M. Jules Quicherat, d'après le ms. de
la Bibl. royale, coll. Gaignière, vol. IV).

pour lesquels ils échangeaient leur laine[1]. C'était frapper le duc de Bourgogne, comte de Flandre, par un endroit bien sensible, par les deux grandes industries flamandes, la toile et le drap; les Anglais n'allaient plus acheter l'une et cessaient de fournir la matière à l'autre.

Tandis que les Anglais agissaient si vivement pour perdre la Pucelle, Charles VII agissait-il pour la sauver? En rien, ce semble[2]; il avait pourtant des prisonniers entre ses mains; il pouvait la protéger, en menaçant de représailles. Récemment encore, il avait négocié par l'entremise de son chancelier, l'archevêque de Reims; mais cet archevêque et les autres politiques n'avaient jamais été bien favorables à la Pucelle. Le parti

1. Rymer, t. IV, pars IV, p. 165, 19 julii 1430. Pour saisir l'ensemble de l'espèce de guerre commerciale qui commençait entre la jeune industrie anglaise et celle des Pays-Bas, voy. les défenses d'importer en Flandre les draps et laines filées d'Angleterre (1428, 1464, 1494), et enfin l'importation permise (1499), sous promesse de réduire les droits sur la laine non travaillée que les Anglais vendront aux Flamands à Calais. *Rapport du jury sur l'industrie belge*, rédigé par M. Gachard, 1836.

2. M. de L'Averdy ne justifie le roi que par des conjectures. M. Berriat-Saint-Prix le trouve inexcusable, p. 239. Dans les lettres par lesquelles Charles VII accorde divers priviléges aux Orléanais immédiatement après le siége, pas un mot de la Pucelle; la délivrance de la ville est due « à la divine grâce, au secours des habitants et à l'aide des gens de guerre. » *Ordonnances*, XIII, préface, p. 15. — Voy. toutefois plus bas l'expédition de Saintrailles.

d'Anjou-Lorraine, la vieille reine de Sicile qui l'avait si bien accueillie, ne pouvait agir pour elle en ce moment près du duc de Bourgogne. Le duc de Lorraine allait mourir[1], on se disputait d'avance sa succession, et Philippe le Bon soutenait un compétiteur de Réné d'Anjou, gendre et héritier du duc de Lorraine.

Ainsi, de toutes parts, ce monde d'intérêt et de convoitise se trouvait contraire à la Pucelle, ou tout au moins indifférent. Le bon Charles VII ne fit rien pour elle, le bon duc Philippe la livra. La maison d'Anjou voulait la Lorraine, le duc de Bourgogne voulait le Brabant; il voulait surtout la continuation du commerce flamand avec l'Angleterre. Les petits aussi avaient leurs intérêts : Jean de Ligny attendait la succession de Saint-Pôl, Cauchon l'archevêché de Rouen.

En vain la femme de Jean de Ligny se jeta à ses pieds, elle le supplia en vain de ne pas se déshonorer. Il n'était pas libre, il avait déjà reçu de l'argent anglais[2]; il la livra, non, il est vrai, aux Anglais directement, mais au duc de Bourgogne. Cette famille de Ligny et de Saint-Pol, avec ses

1. Il mourut quelques mois après, le 25 janvier 1431. *Art de vérifier les dates*, III, 54.

2. La rançon fut payée avant le 20 octobre, comme le prouve l'une des pièces copiées par M. Mercier aux archives de Saint-Martin-des-Champs. Note de l'abbé Dubois, dissertation, éd. Buchon, 1827, p. 217.

souvenirs de grandeur et ses ambitions effrénées, devait poursuivre la fortune jusqu'au bout, jusqu'à la Grève[1]. Celui qui livra la Pucelle semble avoir senti sa misère; il fit peindre sur ses armes un chameau succombant sous le faix, avec la triste devise inconnue aux hommes de cœur : « Nul n'est tenu à l'impossible[2]. »

IV.

Le procès. — Jeanne refuse de se soumettre à l'Église.

Que faisait cependant la prisonnière? Son corps était à Beaurevoir, son âme à Compiègne; elle combattait d'âme et d'esprit pour le roi, qui l'abandonnait. Elle sentait que sans elle cette fidèle ville de Compiègne allait périr, et en même temps la cause du roi dans tout le nord. Déjà elle avait essayé d'échapper de la tour de Beaulieu. A Beaurevoir, la tentation de fuir fut plus forte encore; elle savait que les Anglais demandaient qu'on la leur livrât; elle avait horreur de tomber entre leurs mains. Elle consultait ses saintes, et n'en

1. Ceci fait allusion à la mort du neveu de Jean de Ligny, le fameux connétable de Saint-Pol, qui crut un moment se faire un État entre les possessions des maisons de France et de Bourgogne, et fut décapité à Paris en 1475.

2. Le mausolée de la Toison d'or, Amst. 1689, p. 14. *Histoire de l'ordre*, IV, 27.

obtenait d'autre réponse, sinon qu'il fallait souffrir, « qu'elle ne serait point délivrée qu'elle n'eût
vu le roi des Anglais. » — « Mais, disait-elle en
elle-même, Dieu laissera-t-il donc mourir ces pauvres gens de Compiègne[1]? » Sous cette forme de
vive compassion, la tentation vainquit. Les saintes
eurent beau dire, pour la première fois elle ne les
écouta point; elle se lança de la tour et tomba au
pied presque morte. Relevée, soignée par les dames de Ligny, elle voulait mourir et fut deux
jours sans manger.

Livrée au duc de Bourgogne, elle fut menée à
Arras, puis au donjon du Crotoy qui depuis a dis-
paru sous les sables. De là elle voyait la mer, et
parfois distinguait les dunes anglaises, la terre ennemie où elle avait espéré porter la guerre et délivrer le duc d'Orléans[2]. Chaque jour, un prêtre
prisonnier disait la messe dans la tour. Jeanne
priait ardemment; elle demandait et elle obtenait.
Pour être prisonnière, elle n'agissait pas moins;
tant qu'elle était vivante, sa prière perçait les
murs et dissipait l'ennemi.

Au jour même qu'elle avait prédit d'après une
révélation de l'archange, au 1er novembre, Com-

1. « Comme Dieu layra mourir ces bonnes gens de Compiègne,
qui ont esté et sont si loyaux à leur seigneur? » Interrogatoire du
14 mars 1431.

2. Interrogatoire du 12 mars 1431.

piègne fut délivrée. Le duc de Bourgogne s'était avancé jusqu'à Noyon, comme pour recevoir l'outrage de plus près et en personne. Il fut défait encore peu après à Germiny (20 novembre). A Péronne, Saintrailles lui offrit la bataille, et il n'osa l'accepter.

Ces humiliations confirmèrent sans doute le duc dans l'alliance des Anglais et le décidèrent à leur livrer la Pucelle. Mais la seule menace d'interrompre le commerce y eût bien suffi. Le comte de Flandre, tout chevalier qu'il se croyait et restaurateur de la chevalerie, était au fond le serviteur des artisans et des marchands. Les villes qui fabriquaient le drap, les campagnes qui filaient le lin, n'auraient pas souffert longtemps l'interruption du commerce et le chômage : une révolte eût éclaté.

Au moment où les Anglais eurent enfin la Pucelle et purent commencer le procès, leurs affaires étaient bien malades. Loin de reprendre Louviers, ils avaient perdu Châteaugaillard ; La Hire qui le prit par escalade, y trouva Barbazan prisonnier, et déchaîna ce redouté capitaine. Les villes tournaient d'elles-mêmes au parti de Charles VII; les bourgeois chassaient les Anglais. Ceux de Melun, si près de Paris, mirent leur garnison à la porte.

Pour enrayer, s'il se pouvait, dans cette des-

cente si rapide des affaires anglaises, il ne fallait
pas moins qu'une grande et puissante machine.
Winchester en avait une à faire jouer, le procès
et le sacre. Ces deux choses devaient agir d'ensemble, ou plutôt c'était même chose ; déshonorer
Charles VII, prouver qu'il avait été mené au sacre
par une sorcière, c'était sanctifier d'autant le sacre
d'Henri VI ; si l'un était reconnu pour l'oint du
diable, l'autre devenait l'oint de Dieu.

Henri entra à Paris le 2 décembre[1]. Dès le 21 novembre, on avait fait écrire l'Université à Cauchon
pour l'accuser de lenteur et prier le roi de commencer le procès. Cauchon n'avait nulle hâte, il
lui semblait dur apparemment de commencer la
besogne, quand le salaire était encore incertain.
Ce ne fut qu'un mois après qu'il se fit donner par
le chapitre de Rouen l'autorisation de procéder en
ce diocèse[2]. A l'instant (3 janvier 1431), Winches-

1. La route de Picardie étant trop dangereuse, on le fit passer
par Rouen. Dans sa lettre datée de Rouen, 6 novembre 1430, il
donne pouvoir au chancelier de France de différer la rentrée du
parlement : « Considérant que les chemins sont très-dangereux et
périlleux... » — Autre lettre datée de Paris, 13 novembre, par laquelle il donne un nouveau délai. Ordonnances, XIII, 159.

2. Le chapitre ne s'y décida qu'après une délibération solen-
nelle : « Vocentur ad deliberandum super petitis per D. episco-
« pum Belvacensem, et compareant sub pœna pro quolibet defi-
« ciente amittendi omnes distributiones per octo dies.... Assertiones
« pro quadam muliere in carceribus detenta.... eidem in gallico ex-
« ponantur et caritative moneatur.... » Archives de Rouen, reg.

ter rendit une ordonnance où il faisait dire au roi « qu'ayant été de ce requis par l'évêque de Beauvais, exhorté par sa chère fille l'Université de Paris, il commandait aux gardiens de *conduire* l'inculpée à l'évêque[1]. » Il était dit *conduire*, on ne remettait pas la prisonnière au juge ecclésiastique, on la prêtait seulement, « sauf à la reprendre si elle n'était convaincue. » Les Anglais ne risquaient rien, elle ne pouvait échapper à la mort ; si le feu manquait, il restait le fer.

Le 9 janvier 1431, Cauchon ouvrit la procédure à Rouen. Il fit siéger près de lui le vicaire de l'inquisition et débuta par tenir une sorte de consultation avec huit docteurs licenciés ou maîtres ès arts de Rouen. Il leur montra les informations qu'il avait recueillies sur la Pucelle. Ces informations prises d'avance par les soins des ennemis de l'accusée, ne parurent pas suffisantes aux légistes rouennais ; elles l'étaient si peu en effet, que le procès, d'abord défini d'après ces mauvaises données, *procès de magie*, devint un *procès d'hérésie*.

Cauchon, pour se concilier ces Normands récalcitrants, pour les rendre moins superstitieux sur la forme des procédures, nomma l'un d'eux, Jean de La Fontaine, conseiller examinateur. Mais il ré-

---

capitulaires, 14-15 avril 1431, fol. 98. (Communiqué par M. Chéruel.)

1. *Notices des mss.*, III, 13.

serva le rôle le plus actif, celui de promoteur du
procès, à un certain Estivet, un de ses chanoines
de Beauvais, qui l'avait suivi. Il trouva moyen de
perdre un mois dans ces préparatifs[1]; mais enfin,
le jeune roi ayant été ramené à Londres (9 février), Winchester, tranquille de ce côté, revint
vivement au procès; il ne se fia à personne pour
en surveiller la conduite; il crut avec raison que
l'œil du maître vaut mieux, et s'établit à Rouen
pour voir instrumenter Cauchon.

La première chose était de s'assurer du moine
qui représentait l'inquisition. Cauchon, ayant assemblé ses assesseurs, prêtres normands et docteurs de Paris, dans la maison d'un chanoine,
manda l'inquisiteur et le somma de s'adjoindre à
lui. Le moine répondit que « si ses pouvoirs étaient
jugés suffisants, il ferait ce qu'il devait faire. » L'é-
vêque ne manqua pas de déclarer les pouvoirs
bien suffisants. Alors, le moine objecta encore
« qu'il voudrait bien s'abstenir, tant pour le scrupule de la conscience que pour la sûreté du pro-

---

1. Le 13 janvier, Cauchon assemble quelques abbés, docteurs et
licenciés, et leur dit qu'on peut extraire des informations déjà
prises quelques articles sur lesquels on interrogera l'accusée. Dix
jours sont employés à faire ce petit extrait; il est approuvé le 23,
et Cauchon charge le Normand Jean de La Fontaine, licencié en
droit canonique, de faire cet interrogatoire préliminaire, sorte
d'instruction préparatoire, d'enquête sur vie et mœurs par laquelle commençaient les procès ecclésiastiques. *Notices des mss.*,
t. III, 17. Voy. surtout l'Introd. de Quicherat.

cès ; » que l'évêque devrait plutôt lui substituer quelqu'un jusqu'à ce qu'il fût bien sûr que ses pouvoirs suffisaient.

Il eut beau dire, il ne put échapper ; il jugea bon gré mal gré. Ce qui sans doute, après la peur, aida à le retenir, c'est que Winchester lui fit allouer vingt sols d'or pour ses peines[1]. Le moine mendiant n'avait peut-être vu jamais tant d'or dans sa vie.

Le 21 février, la Pucelle fut amenée devant ses juges. L'évêque de Beauvais l'admonesta « avec douceur et charité, » la priant de dire la vérité sur ce qu'on lui demanderait, pour abréger son procès et décharger sa conscience, sans chercher de subterfuges. — Réponse : « Je ne sais sur quoi vous me voulez interroger ; vous pourriez bien me demander telles choses que je ne vous dirais point. » — Elle consentait à jurer de dire vrai sur tout ce qui ne touchait point ses visions : « Mais pour ce dernier point, dit-elle, vous me couperiez plutôt la tête. » Néanmoins, on l'amena à jurer de répondre « sur ce qui toucherait la foi. »

Nouvelles instances le jour suivant, 22 février, et encore le 24. Elle résistait toujours : « C'est le mot des petits enfants, qu'*on pend souvent les gens*

---

1. Voy. la quittance dans les pièces copiées par M. Mercier aux archives de Saint-Martin-des-Champs. Note de l'abbé Dubois, dissertation, éd. Buchon, 1827, p. 219.

pour avoir dit la vérité. » Elle finit, de guerre lasse,
par consentir à jurer « de dire ce qu'elle saurait
sur son procès, mais non tout ce qu'elle saurait[1]. »

Interrogée sur son âge, ses nom et surnom, elle
dit qu'elle avait environ dix-neuf ans. « Au lieu où
je suis née, on m'appelait Jehannette et en France
Jehanne.... » Mais quant au surnom (la Pucelle), il
semble que, par un caprice de modestie féminine,
elle eût eu peine à le dire ; elle éluda par un pu-
dique mensonge : « Du surnom, je n'en sais rien. »

Elle se plaignait d'avoir les fers aux jambes.
L'évêque lui dit que, puisqu'elle avait essayé plusieurs fois d'échapper, on avait dû lui mettre les
fers. « Il est vrai, dit-elle, je l'ai fait ; c'est chose
licite à tout prisonnier. Si je pouvais m'échapper,
on ne pourrait me reprendre d'avoir faussé ma
foi ; je n'ai rien promis. »

On lui ordonna de dire le *Pater* et l'*Ave,* peut-
être dans l'idée superstitieuse que, si elle était
vouée au diable, elle ne pourrait dire ces prières :
« Je les dirai volontiers si monseigneur de Beauvais veut m'ouïr en confession. » Adroite et touchante demande ; offrant ainsi sa confiance à son
juge, à son ennemi, elle en eût fait son père spirituel et le témoin de son innocence.

Cauchon refusa ; mais je croirais aisément qu'il

---

1. Interrogatoire du 24 février 1431.

fut ému. Il leva la séance pour ce jour, et le lendemain il n'interrogea pas lui-même; il en chargea l'un des assesseurs.

A la quatrième séance, elle était animée d'une vivacité singulière. Elle ne cacha point qu'elle avait entendu ses voix : « Elles m'ont éveillée, dit-elle; j'ai joint les mains, et je les ai priées de me donner conseil; elles m'ont dit : Demande à Notre-Seigneur. — Et qu'ont-elles dit encore? — Que je vous réponde hardiment. »

« .... Je ne puis tout dire; j'ai plutôt peur de dire chose qui leur déplaise, que je n'ai de répondre à vous.... Pour aujourd'hui, je vous prie de ne pas m'interroger. »

L'évêque insista, la voyant émue : « Mais, Jehanne, on déplaît donc à Dieu en disant des choses vraies? — Mes voix m'ont dit certaines choses, non pour vous, mais pour le roi. » Et elle ajouta vivement : « Ah! s'il les savait, il en serait plus aise à dîner.... Je voudrais qu'il les sût, et ne pas boire de vin d'ici à Pâques. »

Parmi ces naïvetés, elle disait des choses sublimes : « Je viens de par Dieu; je n'ai que faire ici; renvoyez-moi à Dieu, dont je suis venue.... »

« Vous dites que vous êtes mon juge; avisez bien à ce que vous ferez, car vraiment je suis envoyée de Dieu; vous vous mettez en grand danger. »

Ces paroles sans doute irritèrent les juges, et

ils lui adressèrent une insidieuse et perfide question, une question telle qu'on ne peut sans crime l'adresser à aucun homme vivant : « Jehanne, croyez-vous être en état de grâce? »

Ils croyaient l'avoir liée d'un lacs insoluble. Dire non, c'était s'avouer indigne d'avoir été l'instrument de Dieu. Mais d'autre part, comment dire oui? Qui de nous, fragiles, est sûr ici-bas d'être vraiment dans la grâce de Dieu? Nul, sinon l'orgueilleux, le présomptueux, celui justement qui de tous en est le plus loin.

Elle trancha le nœud avec une simplicité héroïque et chrétienne :

« Si je n'y suis, Dieu veuille m'y mettre. Si j'y suis, Dieu veuille m'y tenir[1]. »

Les pharisiens restèrent stupéfaits[2]....

Mais avec tout son héroïsme, c'était une femme pourtant.... Après cette parole sublime, elle retomba, elle s'attendrit, doutant de son état, comme il est naturel à une âme chrétienne, s'interrogeant et tâchant de se rassurer : « Ah! si je savais ne pas être en la grâce de Dieu, je serais la plus dolente du monde.... Mais, si j'étais en péché, la voix ne viendrait pas sans doute.... Je voudrais que chacun pût l'entendre comme moi-même.... »

1. Interrogatoire du 24 février, éd. Buchon, 1827, p. 68.
2. « Fuerunt multùm stupefacti, et illa hora dimiserunt. » Procès de Révision, *Notices des mss.*, III, 477.

Ces paroles rendaient prise aux juges. Après une longue pause, ils revinrent à la charge avec un redoublement de haine, et lui firent coup sur coup les questions qui pouvaient la perdre. Les voix ne lui avaient-elles pas dit de *haïr* les Bourguignons?... N'allait-elle pas dans son enfance à l'arbre *des fées?* etc. Ils auraient déjà voulu la brûler comme sorcière.

A la cinquième séance, on l'attaqua par un côté délicat, dangereux, celui des apparitions. L'évêque, devenu tout à coup compatissant, mielleux, lui fit faire cette question : « Jehanne, comment vous êtes-vous portée depuis samedi? — Vous le voyez, dit la pauvre prisonnière chargée de fers, le mieux que j'ai pu. »

« Jehanne, jeûnez-vous tous les jours de ce carême? — Cela est-il du procès? — Oui, vraiment. — Eh bien! oui, j'ai toujours jeûné. »

On la pressa alors sur les visions, sur un signe qui aurait apparu au dauphin, sur sainte Catherine et saint Michel. Entre autres questions hostiles et inconvenantes, on lui demanda si, lorsqu'il lui apparaissait, saint Michel *était nu?*... A cette vilaine question, elle répliqua, sans comprendre, avec une pureté céleste : « Pensez-vous donc que Notre-Seigneur n'ait pas de quoi le vêtir[1]? »

1. Interrogatoire du 27 février, édit. Buchon, 1827, p. 75. Voy. aussi d'autres questions bizarres de casuistes, p. 131 et *passim*.

Le 3 mars, autres questions bizarres pour lui
faire avouer quelque diablerie, quelque mauvaise
accointance avec le diable. « Ce saint Michel, ces
saintes, ont-ils un corps, des membres? Ces figures sont-elles bien des anges? — Oui, je le crois
aussi ferme que je crois en Dieu. « Cette réponse
fut soigneusement notée.

Ils passent de là à l'habit d'homme, à l'étendard : « Les gens d'armes ne se faisaient-ils pas
des étendards à la ressemblance du vôtre? Ne les
renouvelaient-ils pas? — Oui, quand la lance en
était rompue. — N'avez-vous pas dit que ces étendards leur porteraient bonheur? — Non, je disais
seulement : Entrez hardiment parmi les Anglais,
et j'y entrais moi-même.

— Mais pourquoi cet étendard fut-il porté en l'é-
glise de Reims, au sacre, plutôt que ceux des autres capitaines?... — Il avait été à la peine, c'était
bien raison qu'il fût à l'honneur[1].

— Quelle était la pensée des gens qui vous
baisaient les pieds, les mains et les vêtements?
— Les pauvres gens venaient volontiers à moi,
parce que je ne leur faisais point de déplaisir;
je les soutenais et défendais, selon mon pouvoir[2]. »

---

1. Interrogatoire des 3 et 17 mars, p. 81-82, 132-133.
2. *Ibidem*, 3 mars, p. 84.

Il n'y avait pas de cœur d'homme qui ne fût touché de telles réponses. Cauchon crut prudent de procéder désormais avec quelques hommes sûrs et à petit bruit. Depuis le commencement du procès, on trouve que le nombre des assesseurs varie à chaque séance [1]; quelques-uns s'en vont, d'autres viennent. Le lieu des interrogatoires varie de même; l'accusée, interrogée d'abord dans la salle du château de Rouen, l'est maintenant dans la prison. Cauchon, « pour ne pas fatiguer les autres, » y menait seulement deux assesseurs et deux témoins (du 10 au 17 mars). Ce qui peut-être l'enhardit à procéder ainsi à huis clos, c'est que désormais il était sûr de l'appui de l'inquisition; le vicaire avait enfin reçu de l'inquisiteur général de France l'autorisation de juger avec l'évêque (12 mars).

Dans ces nouveaux interrogatoires, on insiste seulement sur quelques points indiqués d'avance par Cauchon.

Les voix lui ont-elles commandé cette sortie de Compiègne où elle fut prise? — Elle ne répond pas directement : « Les saintes m'avaient bien dit que je serais prise avant la Saint-Jean, qu'il fallait

---

1. Au premier interrogatoire, trente-neuf assesseurs; au second interrogatoire du 22 février, quarante-sept; le 24, quarante; le 27, cinquante-trois; le 3 mars, trente-huit, etc. *Notices des mss.*, t. III, 28.

qu'il fût ainsi fait, que je ne devais pas m'éton-
ner, mais prendre tout en gré, et que Dieu m'ai-
derait.... Puisqu'il a plu ainsi à Dieu, c'est pour le
mieux que j'ai été prise.

— Croyez-vous avoir bien fait de partir sans la
permission de vos père et mère? Ne doit-on pas
honorer père et mère? — Ils m'ont pardonné. —
Pensiez-vous donc ne point pécher, en agissant
ainsi? — Dieu le commandait; quand j'aurais eu
cent pères et cent mères, je serais partie [1].

— Les voix ne vous ont-elles pas appelée fille
de Dieu, fille de l'Église, la fille au grand cœur?
— Avant que le siége d'Orléans ait été levé, et
depuis, les voix m'ont appelée, et m'appellent
tous les jours : « Jehanne la Pucelle, fille de
« Dieu. »

— Était-il bien d'avoir attaqué Paris le jour de
la Nativité de Notre-Dame? — C'est bien fait de
garder les fêtes de Notre-Dame; ce serait bien, en
conscience, de les garder tous les jours.

— Pourquoi avez-vous sauté de la tour de
Beaurevoir? (ils auraient voulu lui faire dire qu'elle
avait voulu se tuer). — J'entendais dire que les
pauvres gens de Compiègne seraient tués tous, jusqu'aux enfants de sept ans; et je savais d'ailleurs
que j'étais vendue aux Anglais; j'aurais mieux

1. Procès, éd. 1827, 12 mars, p. 98.

aimé mourir que d'être entre les mains des Anglais [1].

— Sainte Catherine et sainte Marguerite haïssent-elles les Anglais? — Elles aiment ce que Notre-Seigneur aime, et haïssent ce qu'il hait. — Dieu hait-il les Anglais? — De l'amour ou haine que Dieu a pour les Anglais et ce qu'il fait de leurs âmes, je n'en sais rien; mais je sais bien qu'ils seront mis hors de France, sauf ceux qui y périront [2].

— N'est-ce pas un péché mortel de prendre un homme à rançon et ensuite de le faire mourir? — Je ne l'ai point fait. — Franquet d'Arras n'a-t-il pas été mis à mort? — J'y ai consenti, n'ayant pu l'échanger pour un de mes hommes; il a confessé être un brigand et un traître. Son procès a duré quinze jours au bailliage de Senlis. — N'avez-vous pas donné de l'argent à celui qui a pris Franquet? — Je ne suis pas trésorier de France, pour donner argent [3].

— Croyez-vous que votre roi a bien fait de tuer ou faire tuer monseigneur de Bourgogne? — Ce fut grand dommage pour le royaume de

---

1. Procès, éd. 1827, 14 mars, p. 108. Elle répond le lendemain à une question analogue qu'elle fuirait encore, si Dieu le permettait : « Faceret ipsa *une entreprinse*, allegans proverbium galli-« cum : « *Ayde-toi, Dieu te aydera.* » Procès ms., 15 mars.

2. Interrogatoire du 17 mars, éd. Buchon, 1827, p. 127.

3. *Ibidem*, 14 mars, p. 112.

France. Mais, quelque chose qu'il y eût entre eux, Dieu m'a envoyée au secours du roi de France[1].

— Jehanne, savez-vous par révélation si vous échapperez? — Cela ne touche point votre procès. Voulez-vous que je parle contre moi? — Les voix ne vous en ont rien dit? — Ce n'est point de votre procès; je m'en rapporte à Notre-Seigneur, qui en fera son plaisir.... » Et après un silence : « Par ma foi, je ne sais ni l'heure, ni le jour. Le plaisir de Dieu soit fait. — Vos voix ne vous en ont donc rien dit en général? — Eh bien! oui, elles m'ont dit que je serais délivrée, que je soie gaie et hardie[2].... »

Un autre jour elle ajouta : « Les saintes me disent que je serai délivrée à grande victoire; et elles me disent encore : « Prends tout en gré; ne « te soucie de ton martyre; tu en viendras enfin « au royaume de Paradis [3]. » — Et depuis qu'elles ont dit cela, vous vous tenez sûre d'être sauvée et de ne point aller en enfer? — Oui, je crois aussi fermement ce qu'elles m'ont dit que si j'étais sauvée déjà. — Cette réponse est de bien grand poids. — Oui, c'est pour moi un grand trésor. — Ainsi, vous croyez que vous ne pouvez plus faire de péché mortel? — Je n'en sais rien; je m'en rapporte de tout à Notre-Seigneur. »

1. Interrogatoire du 17 mars, éd. Buchon, 1827, p. 130.
2. *Ibidem*, 3 et 14 mars, III, p. 79.
3. *Ibidem*, 14 mars, 1827, III.

Les juges avaient enfin touché le vrai terrain de l'accusation, ils avaient trouvé là une forte prise. De faire passer pour sorcière, pour suppôt du diable, cette chaste et sainte fille, il n'y avait pas apparence, il fallait y renoncer; mais dans cette sainteté même, comme dans celle de tous les mystiques, il y avait un côté attaquable : la voix secrète égalée ou préférée aux enseignements de l'Église, aux prescriptions de l'autorité, l'inspiration, mais libre, la révélation, mais personnelle, la soumission à Dieu; quel Dieu? le Dieu intérieur.

On finit ces premiers interrogatoires par lui demander si elle voulait s'en remettre de tous ses dits et faits à la détermination de l'Église. A quoi elle répondit : « J'aime l'Église et je la voudrais soutenir de tout mon pouvoir. Quant aux bonnes œuvres que j'ai faites, je dois m'en rapporter au Roi du ciel qui m'a envoyée [1]. »

La question étant répétée, elle ne donna pas d'autre réponse, ajoutant : « C'est tout un, de Notre-Seigneur et de l'Église. »

On lui dit alors qu'il fallait distinguer, qu'il y avait l'Église *triomphante*, Dieu, les saints, les âmes sauvées, et l'Église *militante*, autrement dit, le pape, les cardinaux, le clergé, les bons chré-

---

1. Interrogatoire du 17 mars, éd. Buchon, 1827, p. 125.

tiens, laquelle Église, « bien assemblée » ne peut
errer et est gouvernée du Saint-Esprit. « Ne voulez-vous donc pas vous soumettre à l'Église *militante?* — Je suis venue au roi de France de par
Dieu, de par la vierge Marie, les saints et l'Église
victorieuse de là-haut; à cette Église, je me sou-
mets, moi, mes œuvres, ce que j'ai fait ou à faire.
— Et à l'Église *militante?* — Je ne répondrai maintenant rien autre chose. »

Si l'on en croyait un des assesseurs, elle aurait
dit qu'en certains points elle n'en croyait ni évêque, ni pape, ni personne; que ce qu'elle avait,
elle le tenait de Dieu [1].

La question du procès se trouva ainsi posée dans
sa simplicité, dans sa grandeur, le vrai débat s'ouvrit : d'une part, l'Église visible et l'autorité, de
l'autre, l'inspiration attestant l'Église invisible....
Invisible pour les yeux vulgaires, mais la pieuse
fille la voyait clairement, elle la contemplait sans
cesse et l'entendait en elle-même, elle portait en
son cœur ces saintes et ces anges.... Là était l'É-
glise pour elle, là Dieu rayonnait; partout ailleurs
combien il était obscur!...

Tel étant le débat, il n'y avait pas de remède;
l'accusée devait se perdre. Elle ne pouvait céder,
elle ne pouvait, sans mentir, désavouer, nier, ce

---

1. « Non crederet nec prælato suo, nec papæ, nec cuicumque,
« quia hoc habebat a Deo. » *Notices des mss.*, III, 477.

qu'elle voyait et entendait si distinctement. D'autre part (pouvait-on dire), l'autorité restait-elle une autorité, si elle abdiquait sa juridiction, si elle ne punissait? L'Église militante est une Église armée, armée du glaive à deux tranchants, contre qui? apparemment contre les indociles.

Terrible était cette Église dans la personne des raisonneurs, des scolastiques, des ennemis de l'inspiration; terrible et implacable, si elle était représentée par l'évêque de Beauvais. Mais au-dessus de l'évêque n'y avait-il donc pas d'autres juges? Le parti épiscopal et universitaire, qui prêchait la suprématie des conciles, pouvait-il, dans ce cas particulier, ne pas reconnaître comme juge suprême, son concile de Bâle qui allait ouvrir? D'autre part, l'inquisition papale, le dominicain qui en était le vicaire, ne contestait pas sans doute que la juridiction du pape ne fût supérieure à la sienne, qui en émanait.

Un légiste de Rouen, ce même Jean de La Fontaine, ami de Cauchon et hostile à la Pucelle, ne crut pas en conscience pouvoir laisser ignorer à une accusée sans conseil qu'il y avait des juges d'appel, et que, sans rien sacrifier sur le fond, elle pouvait y avoir recours. Deux moines crurent aussi que le droit suprême du pape devait être réservé. Quelque peu régulier qu'il fût, que des assesseurs pussent visiter isolément et conseiller l'accusée, ces trois honnêtes gens, qui voyaient toutes les formes violées par Cauchon pour le triomphe de l'iniquité, n'hésitèrent pas à les violer eux-mêmes dans l'intérêt de la justice. Ils allèrent intrépidement à la prison, se firent ouvrir et lui conseillèrent l'appel. Elle appela le lendemain au pape et au concile. Cauchon furieux fit venir les gardes, et leur demanda qui avait visité la Pucelle. Le légiste et les deux moines furent en grand danger de mort [1]. Depuis ce jour ils disparaissent, et avec eux disparaît du procès la dernière image du droit.

Cauchon avait espéré d'abord mettre de son côté l'autorité des gens de loi, si grande à Rouen. Mais il avait vu bien vite qu'il faudrait se passer d'eux. Lorsqu'il communiqua les premiers actes du procès à l'un de ces graves légistes, maître Jehan Lohier, celui-ci répondit net que le procès ne valait rien, que tout cela n'était pas en forme, que les assesseurs n'étaient pas libres, que l'on procédait à huis clos, que l'accusée, simple fille, n'était pas capable de répondre sur de si grandes choses et à de tels docteurs. Enfin, l'homme de la loi osa dire à l'homme d'Église : « C'est un procès contre l'honneur du prince dont cette fille tient le parti; il faudrait l'appeler lui aussi et lui donner un défenseur. » Cette gravité intrépide qui rappelle celle

---

1. L'inquisiteur déclara que si l'on inquiétait les deux moines, il ne prendrait plus aucune part au procès. *Ibidem*, 502.

de Papinien devant Caracalla, aurait coûté cher à Lohier. Mais le Papinien normand n'attendit pas, comme l'autre, la mort sur sa chaise curule; il partit à l'instant pour Rome.

Cauchon devait, ce semble, être mieux soutenu des théologiens. Après les premiers interrogatoires, armé des réponses qu'elle avait données contre elle, il s'enferma avec ses intimes, et s'aidant surtout de la plume d'un habile universitaire de Paris, il tira de ces réponses un petit nombre d'articles, sur lesquels on devait prendre l'avis des principaux docteurs et des corps ecclésiastiques. C'était l'usage détestable, mais enfin (quoi qu'on ait dit) l'usage ordinaire et régulier des procès d'inquisition. Ces propositions extraites des réponses de la Pucelle et rédigées sous forme générale, avaient une fausse apparence d'impartialité. Dans la réalité, elles n'étaient qu'un travestissement de ses réponses, et ne pouvaient manquer d'être qualifiées par les docteurs consultés, selon l'intention hostile de l'inique rédacteur [1].

1. Elles furent communiquées d'abord à quelques-uns des assesseurs, à ceux que Cauchon croyait les plus sûrs. Ceux-ci, toutefois, crurent devoir ajouter un correctif aux articles : « Elle se soumet à l'Église militante, en tant que cette Église ne lui impose rien de contraire à ses révélations faites et à faire. » Cauchon crut, non sans quelque raison, qu'une telle soumission conditionnelle n'était pas une soumission, et il prit sur lui de supprimer ce correctif. *Ibidem*, 411.

Quelle que fût la rédaction, quelque terreur qui pesât sur les docteurs consultés, leurs réponses furent loin d'être unanimes contre l'accusée. Parmi ces docteurs, les vrais théologiens, les croyants sincères, ceux qui avaient conservé la foi ferme du moyen âge, ne pouvaient rejeter si aisément les apparitions, les visions. Il eût fallu douter aussi de toutes les merveilles de la vie des saints, discuter toutes les légendes. Le vénérable évêque d'Avranches, qu'on alla consulter, répondit que, d'après les doctrines de saint Thomas, il n'y avait rien d'impossible dans ce qu'affirmait cette fille, rien qu'on dût rejeter à la légère [1].

L'évêque de Lisieux, en avouant que les révélations de Jeanne pouvaient lui être dictées par le démon, ajouta humainement qu'elles pouvaient aussi être *de simples mensonges*, et que, si elle ne se soumettait à l'Église, elle devait être jugée schismatique et véhémentement *suspecte* dans la foi.

Plusieurs légistes répondirent en normands, la trouvant coupable et très-coupable, *à moins qu'elle n'eût ordre de Dieu.* Un bachelier alla plus loin ; tout en la condamnant, il demanda que, vu la fragilité de son sexe, *on lui fît répéter les douze propositions* (il soupçonnait avec raison qu'on ne les lui avait pas communiquées), et qu'ensuite on

1. *Notice des mss.*, III, 418.

les adressât au pape. C'eût été un ajournement in-
défini [1].

Les assesseurs, réunis dans la chapelle de l'archevêché, avaient décidé contre elle sur les propositions. Le chapitre de Rouen, consulté aussi, n'a-
vait pas hâte de se décider, de donner cette victoire
à l'homme qu'il détestait, qu'il tremblait d'avoir
pour archevêque. Le chapitre eût voulu attendre
la réponse de l'Université de Paris, dont on demandait l'avis. La réponse de Paris n'était pas
douteuse ; le parti gallican, universitaire et scolas-
tique, ne pouvait être favorable à la Pucelle ; un
homme de ce parti [2], l'évêque de Coutances, avait
dépassé tous les autres par la dureté et la bizarre-
rie de sa réponse. Il écrivit à l'évêque de Beauvais
qu'il la jugeait livrée au démon, « parce qu'elle
n'avait pas les deux qualités qu'exige saint Gré-
goire, la vertu et l'humanité » et que ses asser-
tions étaient tellement hérétiques que quand même
elle les révoquerait, il n'en faudrait pas moins la
tenir sous bonne garde.

L'importante question de savoir si les révélations
intérieures doivent se taire, se désavouer elles-
mêmes, lorsque l'Église l'ordonne, cette question
débattue au dehors et à grand bruit, ne s'agitait-

---

1. *Notice des mss.*, III, 52-53.
2. Il écrivit à l'évêque, ne voulant pas apparemment reconnaître l'inquisiteur comme juge. *Ibidem*, 53.

elle pas en silence dans l'âme de celle qui affirmait et croyait le plus fortement? Cette bataille de la foi ne se livrait-elle pas au sanctuaire même de la foi, dans ce loyal et simple cœur?... J'ai quelque raison de le croire.

Tantôt elle déclara se soumettre au pape et demanda à lui être envoyée. Tantôt elle distingua, soutenant qu'en matière de *foi*, elle était soumise au pape, aux prélats, à l'Église, mais que, pour ce qu'elle avait *fait*, elle ne pouvait s'en remettre qu'à Dieu. Tantôt, elle ne distingua plus, et, sans explication, s'en remit « à son Roi, au juge du ciel et de la terre. »

Quelque soin qu'on ait pris d'obscurcir ces choses, de cacher ce côté humain dans une figure qu'on voulait toute divine, les variations sont visibles. C'est à tort qu'on a prétendu que les juges parvinrent à lui faire prendre le change sur ces questions. « Elle était bien subtile, dit avec raison un témoin, d'une subtilité de femme[1]. » J'attribuerais volontiers à ces combats intérieurs, la maladie dont elle fut atteinte et qui la mit bien près de la mort. Son rétablissement n'eut lieu qu'à l'époque où ses apparitions changèrent, comme elle nous l'apprend elle-même, au moment où l'ange Michel, l'ange des batailles qui ne la soutenait plus, céda

---

1. Déposition de Jean Beaupère, *Notices des mss.*, III, 509.

la place à Gabriel, l'ange de la grâce et de l'amour divin.

Elle tomba malade dans la semaine sainte. La tentation commença sans doute au dimanche des Rameaux[1]. Fille de la campagne, née sur la lisière des bois, elle qui toujours avait vécu sous le ciel, il lui fallut passer ce beau jour de Pâques fleuries au fond de la tour. Le grand *secours* qu'invoque l'Église[2] ne vint pas pour elle; *la porte ne s'ouvrit point*[3].

Elle s'ouvrit le mardi, mais ce fut pour mener l'accusée à la grande salle du château par-devant ses juges. On lui lut les articles qu'on avait tirés de ses réponses, et préalablement l'évêque lui remontra, « que ces docteurs étaient tous gens d'Église, clercs et lettrés en droit, divin et humain, et tous benins et pitoyables, voulaient procéder doucement, sans demander vengeance *ni punition corporelle*[4] mais que seulement ils vou-

1. « Je ne sais pourquoi, dit un grand maître des choses spirituelles, Dieu choisit les jours des fêtes les plus solennelles pour éprouver davantage et purifier ceux qui sont à lui.... Ce n'est que là-haut, dans la fête du ciel, que nous serons délivrés de toutes nos peines. » Saint-Cyran, dans les *Mémoires de Lancelot*, I, 64.

2. Dimanche des Rameaux, à prime : « Deus in *adjutorium* meum intende.... »

3. Tout le monde sait que l'office de cette fête est un de ceux qui ont conservé les formes du moyen âge. La procession trouve la porte de l'église fermée, le célébrant frappe : « Attollite portas.... » Et *la porte s'ouvre* au Seigneur.

4. Procès, 3 avril et non 29 mars, comme porte le ms. d'Or-

laient l'éclairer et la mettre en la voie de vérité et
de salut; que, comme elle n'était pas assez in-
struite en si haute matière, l'évêque et l'inquisiteur lui offraient qu'elle élût un ou plusieurs des
assistants pour la conseiller. » L'accusée, en présence de cette assemblée, dans laquelle elle ne
trouvait pas un visage ami, répondit avec douceur : « En ce que vous m'admonestez de mon
bien et de notre foi, je vous remercie ; quant au
conseil que vous m'offrez, je n'ai point intention
de me départir du conseil de Notre-Seigneur. »

Le premier article touchait le point capital, la
soumission. Elle répondit comme auparavant : « Je
crois bien que notre saint-père, les évêques et autres gens d'Église sont pour garder la *foi* chrétienne et punir ceux qui y défaillent. Quant à mes
faits, je ne me soumettrai qu'à l'Église du ciel, à
Dieu et à la Vierge, aux saints et saintes du paradis. Je n'ai point failli en la foi chrétienne, et je
n'y voudrais faillir. »

Et plus loin : « J'aime mieux mourir que révo-
quer ce que j'ai fait par le commandement de
Notre-Seigneur. »

Ce qui peint le temps, l'esprit inintelligent de
ces docteurs, leur aveugle attachement à la lettre
sans égard à l'esprit, c'est qu'aucun point ne leur

léans, où il y a beaucoup de confusion dans les dates. Voy. éd.
Buchon, 1827, p. 139.

semblait plus grave que le péché d'avoir pris un
habit d'homme. Ils lui remontrèrent que, selon les
canons, ceux qui changent ainsi l'habit de leur
sexe sont abominables devant Dieu. D'abord elle
ne voulut pas répondre directement, et demanda
un délai jusqu'au lendemain. Les juges insistant
pour qu'elle quittât cet habit, elle répondit : « Qu'il
n'était pas en elle de dire quand elle pourrait le
quitter. — Mais si l'on vous prive d'entendre la
messe ?—Eh bien, Notre-Seigneur peut bien me la
faire entendre sans vous. — Voudrez-vous prendre
l'habit de femme, pour recevoir votre Sauveur à
Pâques ? — Non, je ne puis quitter cet habit ; pour
recevoir mon Sauveur, je ne fais nulle différence
de cet habit ou d'un autre. » — Puis elle semble
ébranlée, et demande qu'au moins on lui laisse
entendre la messe, et elle ajoute : « Encore si vous
me donniez une robe comme celles que portent
les filles des bourgeois, une robe *bien longue*[1]. »

On voit bien qu'elle rougissait de s'expliquer. La
pauvre fille n'osait dire comment elle était dans sa
prison, en quel danger continuel. Il faut savoir
que trois soldats couchaient dans sa chambre[2],
trois de ces brigands que l'on appelait *houspilleurs*.

---

1. « Sicut filiæ burgensium, unam houppelandam longam. »
Procès latin, ms., dimanche, 15 mars.

2. « Cinq Anglois, dont en demouroit de nuyt trois en la chambre. » *Notices des mss.*, III, 506.

Il faut savoir qu'enchaînée à une poutre par une grosse chaîne de fer [1], elle était presque à leur merci; l'habit d'homme qu'on voulait lui faire quitter était toute sa sauvegarde.... Que dire de l'imbécillité du juge, ou de son horrible connivence?

Sous les yeux de ces soldats, parmi leurs insultes et leurs dérisions [2], elle était de plus espionnée du dehors; Winchester, l'inquisiteur et Cauchon [3], avaient chacun une clef de la tour, et l'observaient à chaque heure; on avait tout exprès percé la muraille; dans cet infernal cachot, chaque pierre avait des yeux.

1. « De nuyt, elle estoit couchée ferrée par les jambes de deux paires de fers à chaîne, et attachée moult estroitement d'une chaîne traversante par les pieds de son lict, tenante à une grosse pièce de boys de longueur de cinq ou six pieds et fermante à clef, par quoi ne pouvoit mouvoir de la place. » *Notices des mss.* — Un autre témoin dit : « Fuit facta una trabes ferrea, ad detinendam eam « *erectam*. » Procès ms., déposition de Pierre Cusquel.

2. Le comte de Ligny vint la voir avec un lord anglais, et lui dit : «Jeanne, je viens vous mettre à rançon, pourvu que vous promettiez que vous ne porterez plus les armes contre nous. » Elle répondit : « Ah! mon Dieu, vous vous moquez de moi; je sais bien que vous n'en avez ni le vouloir ni le pouvoir. » Et comme il répétait les mêmes paroles, elle ajouta : « Je sais bien que ces Anglais me feront mourir, croyant après ma mort gagner le royaume de France. Mais quand ils seroient cent mille *Godden* (centum mille *Godons* gallice) de plus qu'ils ne sont aujourd'hui, ils ne gagneroient pas le royaume. » Le lord anglais fut si indigné qu'il tira sa dague pour la frapper, et il l'aurait fait sans le comte de Warwick. *Notices des mss.*, III, 371.

3. Non pas précisément Cauchon, mais son homme, Estivet, promoteur du procès. *Notices des mss.*, III 473.

Toute sa consolation, c'est qu'on avait d'abord laissé communiquer avec elle un prêtre qui se disait prisonnier et du parti de Charles VII. Ce Loyseleur, comme on l'appelait, était un Normand qui appartenait aux Anglais. Il avait gagné la confiance de Jeanne, recevait sa confession, et pendant ce temps des notaires cachés écoutaient et écrivaient.... On prétend que Loyseleur l'encouragea à résister, pour la faire périr. Quand on délibéra si elle serait mise à la torture (chose bien inutile puisqu'elle ne niait et ne cachait rien), il ne se trouva que deux ou trois hommes pour conseiller cette atrocité, et le confesseur fut des trois[1].

L'état déplorable de la prisonnière s'aggrava dans la semaine sainte par la privation des secours de la religion. Le jeudi, la Cène lui manqua ; dans ce jour où le Christ se fait l'hôte universel, où il invite les pauvres et tous ceux qui souffrent, elle parut *oubliée*[2].

Au vendredi saint, au jour du grand silence, où tout bruit cessant, chacun n'entend plus que son propre cœur, il semble que celui des juges ait parlé, qu'un sentiment d'humanité et de religion se soit éveillé dans leurs vieilles âmes scolastiques.

---

1. *Notices des mss.*, III, p. 475, et *passim*. — Procès, éd. Buchon, 1827, p. 164, 12 mai.

2. « Usquequo *oblivisceris* me in finem? » *Offices du jeudi saint*, à laudes.

Ce qui est sûr, c'est qu'au mercredi, ils siégeaient trente-cinq, et que le samedi ils n'étaient plus que neuf; les autres prétextèrent sans doute les dévotions du jour.

Elle au contraire, elle avait repris cœur ; associant ses souffrances à celles du Christ, elle s'était relevée. Elle répondit de nouveau : « qu'elle s'en rapporterait à l'Église militante, *pourvu qu'elle ne lui commandât chose impossible.* — Croyez-vous donc n'être point sujette à l'Église qui est en terre, à notre saint-père le pape, aux cardinaux, archevêques, évêques et prélats ? — Oui, sans doute, *notre Sire servi.* — Vos voix vous défendent de vous soumettre à l'Église militante ? — Elles ne le défendent point, *Notre-Seigneur étant servi premièrement*[1]. »

V.

La tentation.

Cette fermeté se soutint le samedi. Mais le lendemain, que devint-elle , le dimanche, ce grand dimanche de Pâques ? Que se passa-t-il dans ce pauvre cœur, lorsque la fête universelle éclatant à grand bruit par la ville, les cinq cents cloches de

---

1. Procès, éd. Buchon, 1827, p. 155.

Rouen jetant leurs joyeuses volées dans les airs [1], le monde chrétien ressuscitant avec le Sauveur, elle resta dans sa mort !

Qu'était donc en ce temps-là un si cruel isolement ! Qu'était-ce pour une jeune âme qui n'avait vécu que de foi !... Elle qui, parmi sa vie intérieure de visions et de révélations, n'en avait pas moins obéi docilement aux commandements de l'Église, elle qui jusque-là s'était crue naïvement fille soumise de l'Église, « bonne fille, » comme elle disait, pouvait-elle voir sans terreur que l'Église était contre elle? Seule, quand tous s'unissent en Dieu, seule exceptée de la joie du monde et de l'universelle communion, au jour où la porte du ciel s'ouvre au genre humain, seule en être exclue !...

Et cette exclusion était-elle injuste?... L'âme chrétienne est trop humble pour prétendre jamais qu'elle a droit à recevoir son Dieu.... Qui était-elle après tout, pour contredire ces prélats, ces docteurs? Comment osait-elle parler devant tant de gens habiles qui avaient étudié? Dans la résistance d'une ignorante aux doctes, d'une simple fille aux personnes élevées en autorité, n'y avait-il pas outrecuidance et damnable orgueil?... Ces craintes lui vinrent certainement.

---

1. Rapprochez de ceci ce que nous avons dit de l'impression profonde que le son des cloches produisait sur elle, p. 15, note 1.

D'autre part, cette résistance n'est pas celle de
Jeanne, mais bien des saintes et des anges qui lui
ont dicté ses réponses et l'ont soutenue jusqu'ici....
Pourquoi, hélas! viennent-ils donc plus rarement
dans un si grand besoin? Pourquoi ces consolants
visages de saintes n'apparaissent-ils plus que dans
une douteuse lumière et chaque jour pâlissants?...
Cette délivrance tant promise, comment n'arrive-
t-elle pas?... Nul doute que la prisonnière ne se
soit fait bien souvent ces questions, qu'elle n'ait
tout bas, bien doucement, querellé les saintes et
les anges. Mais des anges qui ne tiennent point
leur parole, sont-ce bien des anges de lumière?...
Espérons que cette horrible pensée ne lui traversa
point l'esprit.

Elle avait un moyen d'échapper. C'était, sans
désavouer expressément, de ne plus affirmer, de
dire : « Il me semble. » Les gens de loi trouvaient
tout simple qu'elle dît ce petit mot[1]. Mais pour
elle, dire une telle parole de doute, c'était au fond
renier, c'était abjurer le beau rêve des amitiés cé-
lestes, trahir les douces sœurs d'en haut[2]....Mieux
valait mourir.... Et en effet, l'infortunée, rejetée
de l'Église visible, délaissée de l'invisible Église,

---

1. C'était l'avis de Lohier. *Notices des mss.*, III, 500, 501.
2. « Sui fratres de Paradiso. » Procès ms. de Révision, déposition de Jean de Metz.

du monde et de son propre cœur, elle défaillit....
Et le corps suivait l'âme défaillante....

Il se trouva justement que ce jour-là, elle avait
goûté d'un poisson que lui envoyait le charitable
évêque de Beauvais [1], elle put se croire empoisonnée. L'évêque y avait intérêt; la mort de Jeanne
eût fini ce procès embarrassant, tiré le juge d'affaire. Mais ce n'était pas le compte des Anglais.
Lord Warwick disait tout alarmé : « Le *Roi* ne
voudrait pour rien au monde qu'elle mourût de sa
mort naturelle; le *Roi* l'a achetée, elle lui coûte
cher [2]!... Il faut qu'elle meure par justice, qu'elle
soit brûlée.... Arrangez-vous pour la guérir. »

On eut soin d'elle en effet, elle fut visitée, saignée, mais elle n'en alla pas mieux. Elle restait
faible et presque mourante. Soit qu'on craignît
qu'elle n'échappât ainsi et ne mourût sans rien
rétracter, soit que cet affaiblissement du corps

---

1. « Eam interrogavit quid habebat, quæ respondit quod habe-
« bat quod fuerat missa quædam carpa sibi per episcopum Bello-
« vacensem, de qua comederat, et dubitabat quod esset causa suæ
« infirmitatis; et ipse de Estiveto ibidem præsens, redarguit eam
« dicendo quod male dicebat, et vocavit eam paillardam, dicens :
« *Tu, paillarda, comedisti aloza et alia tibi contraria.* Cui ipsa
« respondit quod non fecerat, et habuerunt ad invicem ipsa
« Joanna et de Estiveto multa verba injuriosa. Postmodumque
« ipse loquens.... audivit ab aliquibus ibidem præsentibus, quod
« ipsa passa fuerat multum vomitum. » *Notices des mss.*, III,
p. 471.

2. « Rex eam habebat caram et eam emerat. » *Ibidem.*

donnât espoir qu'on aurait meilleur marché de
l'esprit, les juges firent une tentative (18 avril). Ils
vinrent la trouver dans sa chambre et lui remontrèrent qu'elle était en grand danger, si elle ne
voulait prendre conseil et suivre l'avis de l'Église :
« Il me semble, en effet, dit-elle, vu mon mal,
que je suis en grand péril de mort. S'il est ainsi,
que Dieu veuille faire son plaisir de moi, je voudrais avoir confession, recevoir mon Sauveur et
être mise en terre sainte. — Si vous voulez avoir
les sacrements de l'Église, il faut faire comme les
bons catholiques et vous soumettre à l'Église. »
Elle ne répliqua rien. Puis, le juge répétant les
mêmes paroles, elle dit : « Si le corps meurt en
prison, j'espère que vous le ferez mettre en terre
sainte; si vous ne le faites, je m'en rapporte à
Notre-Seigneur. »

Déjà, dans ses interrogatoires, elle avait exprimé
une de ses dernières volontés. Demande : « Vous
dites que vous portez l'habit d'homme par le commandement de Dieu, et pourtant vous voulez avoir
chemise de femme en cas de mort? — Réponse : Il
suffit qu'elle soit longue[1]. » Cette touchante réponse
montrait assez, qu'en cette extrémité, elle était
bien moins préoccupée de la vie que de la pudeur.

Les docteurs prêchèrent longtemps la malade, et

---

1. Procès, éd. Buchon, 1827, p. 126, 158.

celui qui s'était chargé spécialement de l'exhorter, un des scolastiques de Paris, maître Nicolas Midy, finit par lui dire aigrement : « Si vous n'obéissez à l'Église, vous serez abandonnée comme une Sarrasine. — Je suis bonne chrétienne, répondit-elle doucement, j'ai été bien baptisée, je mourrai comme une bonne chrétienne. »

Ces lenteurs portaient au comble l'impatience des Anglais. Winchester avait espéré, avant la campagne, pouvoir mettre à fin le procès, tirer un aveu de la prisonnière, déshonorer le roi Charles. Ce coup frappé, il reprenait Louviers [1], s'assurait de la Normandie, de la Seine, et alors il pouvait aller à Bâle commencer l'autre guerre, la guerre théologique, y siéger comme arbitre de la chrétienté, faire et défaire les papes [2]. Au moment où il avait en vue de si grandes choses, il lui fallait se morfondre à attendre ce que cette fille voudrait dire.

Le maladroit Cauchon avait justement indisposé le chapitre de Rouen, dont il sollicitait une décision contre la Pucelle. Il se laissait appeler d'avance : « Monseigneur l'archevêque [3]. » Winchester

---

1. « Non audebant, ea vivente, ponere obsidionem ante villam « Locoveris. » *Notices des mss.*, III, 473.

2. Comme il l'avait fait au concile de Constance (voy. Endell Tyler, *Memoirs of Henry the Fifth*, II, 61 (London, 1838).

3. « La cædule que tenoit ledit monseigneur l'arcevesque. » (Lebrun, IV, 79, d'après le ms. d'Urfé.)

résolut, que sans s'arrêter aux lenteurs de ces Normands, on s'adresserait directement au grand tribunal théologique, à l'Université de Paris[1].

Tout en attendant la réponse, on faisait de nouvelles tentatives pour vaincre la résistance de l'accusée; on employait la ruse, la terreur. Dans une seconde monition (2 mai), le prédicateur, maître Châtillon lui proposa de s'en remettre de la vérité de ses apparitions à des gens de son propre parti[2]. Elle ne donna pas dans ce piége. « Je m'en tiens, dit-elle, à mon juge, au Roi du ciel et de la terre.» Elle ne dit plus cette fois, comme auparavant : « A Dieu *et au pape.* » — « Eh bien! l'Église vous laissera, et vous serez en péril du feu, pour l'âme et le corps. — Vous ne ferez ce que vous dites qu'il ne vous en prenne mal au corps et à l'âme. »

On ne s'en tint pas à de vagues menaces. A la troisième monition qui eut lieu dans sa chambre (11 mai), on fit venir le bourreau, on affirma que la torture était prête.... Mais cela n'opéra point. Il se trouva au contraire qu'elle avait repris tout son

1. Les docteurs envoyés à l'Université parlèrent « au nom du roi » dans la grande assemblée tenue aux Bernardins (Bulæus, *Hist. Univ. Parisiensis*, t. V, *passim*). Ce couvent célèbre, où se tinrent tant d'assemblées importantes de l'Université, où elle jugea les papes, etc., subsiste encore aujourd'hui. C'est l'entrepôt des huiles.

2. L'archevêque de Reims, La Trémouille, etc. On lui offrit aussi de consulter l'église de Poitiers.

courage, et tel qu'elle ne l'eut jamais. Relevée après la tentation, elle avait comme monté d'un degré vers les sources de la Grâce. « L'ange Gabriel est venu me fortifier, dit-elle; c'est bien lui, les saintes me l'ont assuré[1].... Dieu a toujours été le maître en ce que j'ai fait; le diable n'a jamais eu puissance en moi.... Quand vous me feriez arracher les membres et tirer l'âme du corps, je n'en dirais pas autre chose. » L'Esprit éclatait tellement en elle, que Châtillon lui-même, son dernier adversaire, fut touché et devint son défenseur; il déclara qu'un procès conduit ainsi lui semblait nul. Cauchon, hors de lui, le fit taire.

Enfin, arriva la réponse de l'Université. Elle décidait, sur les douze articles, que cette fille était livrée au diable, impie envers ses parents, altérée de sang chrétien, etc.[2]. C'était l'opinion de la faculté de théologie. La faculté de droit plus modérée, la déclarait punissable, mais avec deux restrictions : 1° si elle s'obstinait; 2° si elle était dans son bon sens.

L'Université écrivait en même temps aux papes, aux cardinaux, au roi d'Angleterre, louant l'évê-

---

1. « L'ange Gabriel est venu me visiter le 3 mai pour me fortifier. » (Troisième monition, 11 mai). Lebrun, IV, 90, d'après les grosses latines du procès.
2. Voy. cette pièce curieuse dans Bulæus. *Hist. Univ. Paris.*, V, 395-401.

que de Beauvais, et déclarant « qu'il lui semblait avoir été tenue grande gravité, sainte et juste manière de procéder, et dont chacun devait être bien content. »

Armés de cette réponse, quelques-uns voulaient qu'on la brûlât sans plus attendre ; cela eût suffi pour la satisfaction des docteurs dont elle rejetait l'autorité, mais non pas pour celle des Anglais ; il leur fallait une rétractation qui *infamât* le roi Charles. On essaya d'une nouvelle monition, d'un nouveau prédicateur, maître Pierre Morice, qui ne réussit pas mieux ; il eut beau faire valoir l'autorité de l'Université de Paris, « qui est la lumière de toute science : » — « Quand je verrais le bourreau et le feu, dit-elle, quand je serais dans le feu, je ne pourrais dire que ce que j'ai dit. »

On était arrivé au **23** mai, au lendemain de la Pentecôte ; Winchester ne pouvait plus rester à Rouen, il fallait en finir. On résolut d'arranger une grande et terrible scène publique qui pût ou effrayer l'obstinée, ou tout au moins donner le change au peuple. On lui envoya la veille au soir Loyseleur, Châtillon et Morice, pour lui promettre que si elle était soumise, si elle quittait l'habit d'homme, elle serait remise aux gens d'Église et qu'elle sortirait des mains des Anglais.

Ce fut au cimetière de Saint-Ouen, derrière la belle et austère église monastique (déjà bâtie comme nous la voyons), qu'eut lieu cette terrible comédie. Sur un échafaud siégeaient le cardinal Winchester, les deux juges et trente-trois assesseurs, plusieurs ayant leurs scribes assis à leurs pieds. Sur l'autre échafaud, parmi les huissiers et les gens de torture était Jeanne en habit d'homme; il y avait en outre des notaires pour recueillir ses aveux, et un prédicateur qui devait l'admonester. Au pied, parmi la foule, se distinguait un étrange auditeur, le bourreau sur la charrette, tout prêt à l'emmener, dès qu'elle lui serait adjugée [1].

Le prédicateur du jour, un fameux docteur, Guillaume Érard, crut devoir, dans une si belle occasion, lâcher la bride à son éloquence, et par zèle il gâta tout. « O noble maison de France, criait-il, qui toujours avais été protectrice de la foi, as-tu été ainsi abusée, de t'attacher à une hérétique et schismatique.... » Jusque-là l'accusée écoutait patiemment, mais le prédicateur se tournant vers elle, lui dit en levant le doigt : « C'est à toi, Jehanne, que je parle, et je te dis que ton roi est hérétique et schismatique. » A ces mots, l'admirable fille, oubliant tout son danger, s'écria : « Par ma foi, sire, révérence gardée, j'ose bien vous dire et jurer, sur peine de ma vie, que c'est le plus noble chrétien de tous les chrétiens, celui

1. **Voy.** les dépositions du notaire Manchon, de l'huissier Massieu, etc. *Notices des mss.*, III, 502, 505 et *passim*.

qui aime le mieux la foi et l'Église, il n'est point
tel que vous le dites. — Faites-la taire, » s'écria
Cauchon.

Ainsi tant d'efforts, de travaux, de dépenses, se
trouvaient perdus. L'accusée soutenait son dire.
Tout ce qu'on obtenait d'elle cette fois, c'était
qu'elle voulait bien se soumettre *au pape*. Cauchon
répondait : « Le pape est trop loin. » Alors il se
mit à lire l'acte de condamnation tout dressé
d'avance ; il y était dit entre autres choses : « Bien
plus, d'un esprit obstiné, vous avez refusé de
vous soumettre *au Saint-Père* et au concile, etc. »
Cependant Loyseleur, Érard, la conjuraient d'avoir
pitié d'elle-même ; l'évêque, reprenant quelque
espoir, interrompit sa lecture. Alors les Anglais
devinrent furieux ; un secrétaire de Winchester dit
à Cauchon qu'on voyait bien qu'il favorisait cette
fille, le chapelain du cardinal en disait autant.
« Tu en as menti[1], s'écria l'évêque. — Et toi, dit
l'autre, tu trahis le roi. » Ces graves personnages
semblaient sur le point de se gourmer sur leur
tribunal.

Érard ne se décourageait pas, il menaçait, il
priait. Tantôt il disait : « Jehanne, nous avons

---

1. « Mentiebatur, quia potius, quùm judex esset in causa fidei,
« deberet quærere ejus salutem quam mortem.» *Notices des mss.*,
485. Cauchon, pour tout dire, devait ajouter que dans l'intérêt des
Anglais, la rétractation était bien plus importante que la mort.

tant pitié de vous!... » et tantôt : « Abjure, ou tu seras brûlée ! » Tout le monde s'en mêlait, jusqu'à un bon huissier qui, touché de compassion, la suppliait de céder, et assurait qu'elle serait tirée des mains des Anglais, remise à l'Église. « Eh bien, je signerai, » dit-elle. Alors Cauchon, se tournant vers le cardinal, lui demanda respectueusement ce qu'il fallait faire[1]. « L'admettre à la pénitence, » répondit le prince ecclésiastique.

Le secrétaire de Winchester tira de sa manche[2] une toute petite révocation de six lignes (celle qu'on publia ensuite avait six pages), il lui mit la plume en main, mais elle ne savait pas signer; elle sourit et traça un rond ; le secrétaire lui prit la main et lui fit faire une croix.

La sentence de grâce était bien sévère : « Jehanne, nous vous condamnons par grâce et modération à passer le reste de vos jours en prison, au pain de douleur et à l'eau d'angoisse, pour y pleurer vos péchés. »

Elle était admise par le juge d'Église à faire pénitence, nulle autre part sans doute que dans les prisons d'Église[3]. L'*in pace* ecclésiastique, quelque

1. « Inquisivit e cardinali Angliæ quid agere deberet. » *Notices des mss.*, III, p. 484.
2. « A manica sua. » *Ibidem*, p. 486.
3. Voy. au *Processus contra Templarios*, avec quelle insistance les défenseurs du Temple demandent « ut ponantur in manu Ec-

dur qu'il fût, devait au moins la tirer des mains
des Anglais, la mettre à l'abri de leurs outrages,
sauver son honneur. Quels furent sa surprise et
son désespoir, lorsque l'évêque dit froidement :
« Menez-la où vous l'avez prise. »

Rien n'était fait; ainsi trompée, elle ne pouvait
manquer de rétracter sa rétractation. Mais, quand
elle aurait voulu y persister, la rage des Anglais
ne l'aurait pas permis. Ils étaient venus à Saint-
Ouen, dans l'espoir de brûler enfin la sorcière; ils
attendaient, haletants, et on croyait les renvoyer
ainsi, les payer d'un petit morceau de parchemin,
d'une signature, d'une grimace.... Au moment
même où l'évêque interrompit la lecture de la
condamnation, les pierres volèrent sur les échafauds, sans respect du cardinal.... Les docteurs
faillirent périr en descendant dans la place; ce
n'étaient partout qu'épées nues qu'on leur mettait
à la gorge; les plus modérés des Anglais s'en tenaient aux paroles outrageantes : « Prêtres, vous

« clesiæ. » Les prisons d'Église avaient autrefois cet inconvénient
que presque toujours on y languissait longtemps. Nous voyons, en
1384, un meurtrier que se disputaient les deux juridictions de l'é-
vêque et du prévôt de Paris, réclamer celle du prévôt et demander
à être pendu par les gens du roi plutôt que par ceux de l'évêché,
qui lui auraient fait subir préalablement une longue et dure pénitence : « Flere dies suos, et pœnitentiam, cum penuriis multi-
« modis, agere, temporis longo tractu. » (Archives du royaume,
registres du parlement, ann. 1384.)

ne gagnez pas l'argent du roi. » Les docteurs, défilant à la hâte, disaient tout tremblants : « Ne vous inquiétez, nous la retrouverons bien[1]. »

Et ce n'était pas seulement la populace des soldats, le *mob* anglais, qui montrait cette soif de sang. Les honnêtes gens, les grands, les lords, n'étaient pas moins acharnés. L'homme du roi, son gouverneur, lord Warwick, disait comme les soldats : « Le roi va mal[2], la fille ne sera pas brûlée. »

Warwick était justement l'honnête homme, selon les idées anglaises, l'Anglais accompli, le parfait *gentleman*[3]. Brave et dévot, comme son maître Henri V, champion zélé de l'Église *établie*, il avait fait un pèlerinage à la terre sainte, et maint autre voyage chevaleresque, ne manquant pas un tournoi sur sa route. Lui-même il en donna un des plus éclatants et des plus célèbres aux portes de Calais, où il défia toute la chevalerie de France. Il resta de cette fête un long souvenir; la bravoure, la magnificence de ce Warwick ne servirent pas

1. « Non curetis, bene rehabebimus eam. » *Notices des mss.*, III, 486.

2. « Quod rex male stabat. » *Ibidem.*

3. « A true pattern of the knigtly spirit, taste, accomplishments « and adventures, etc. » Il fut un des ambassadeurs envoyés au concile de Constance par Henri V ; il y fut défié par un duc, et le tua en duel. Turner donne, d'après un manuscrit, la description de son fastueux tournoi de Calais (Turner, II, 506).

peu à préparer la route au fameux Warwick, le *faiseur de rois*.

Avec toute cette chevalerie, Warwick n'en poursuivait pas moins âprement la mort d'une femme, d'une prisonnière de guerre; les Anglais, le meilleur et le plus estimé de tous, ne se faisaient aucun scrupule d'honneur de tuer par sentence de prêtres et par le feu celle qui les avait humiliés par l'épée.

Ce grand peuple anglais, parmi tant de bonnes et solides qualités, a un vice, qui gâte ces qualités mêmes. Ce vice immense, profond, c'est l'orgueil. Cruelle maladie, mais qui n'en est pas moins leur principe de vie, l'explication de leurs contradictions, le secret de leurs actes. Chez eux, vertus et crimes, c'est presque toujours orgueil; leurs ridicules aussi ne viennent que de là. Cet orgueil est prodigieusement sensible et douloureux; ils en souffrent infiniment, et mettent encore de l'orgueil à cacher ces souffrances. Toutefois, elles se font jour; la langue anglaise possède en propre les deux mots expressifs de *disappointment* et *mortification*[1].

Cette adoration de soi, ce culte intérieur de la

1. Nous leur devons ces mots. Celui de *mortification* était, il est vrai, employé partout dans la langue ascétique; il s'appliquait à la pénitence volontaire que fait le pécheur pour dompter la chair et apaiser Dieu; ce qui est, je crois, anglais, c'est de l'avoir appliqué aux souffrances très-involontaires de la vanité, de l'avoir fait passer de la religion de Dieu à celle du moi humain.

créature pour elle-même, c'est le péché qui fit
tomber Satan, la suprême impiété. Avec tant de
vertus humaines, ce sérieux, cette honnêteté exté-
rieure, ce tour d'esprit biblique, nulle nation
n'est plus loin de la Grâce. De Shakespeare[1] à
Milton, de Milton à Byron, leur belle et sombre
littérature est sceptique, judaïque, satanique. « En
droit, dit très-bien un légiste, les Anglais sont des
juifs, les Français des chrétiens[2]. » Ce qu'il dit
pour le droit, un théologien l'aurait dit pour la
foi. Les Indiens de l'Amérique, qui ont souvent
tant de pénétration et d'originalité, exprimaient
cette distinction à leur manière : « Le Christ, disait l'un d'eux, c'était un Français que les Anglais
crucifièrent à Londres; Ponce Pilate était un officier au service de la Grande-Bretagne. »

Jamais les Juifs ne furent si animés contre Jésus
que les Anglais contre la Pucelle. Elle les avait, il

---

1. Je ne me rappelle pas avoir vu le nom de **Dieu** dans Shakespeare ; s'il y est, c'est bien rarement, par hasard et sans l'ombre
d'un sentiment religieux. Le véritable héros de **Milton**, c'est Satan. Quant à Byron, il n'a pas trop repoussé le nom de chef de
l'école satanique que lui donnaient ses ennemis ; ce pauvre grand
homme, si cruellement torturé par l'orgueil, n'eût pas été fâché,
ce semble, de passer pour le diable en personne (voy. mon *Introduction à l'histoire universelle*, sur ce caractère de la littérature anglaise).

2. Ce mot profond, dont la portée n'a pas été sentie, pas même
peut-être par celui qui l'a dit, est d'Houard (Préface des *Anciennes
lois des Français conservées dans les coutumes anglaises de
Littleton*, etc.).

faut le dire, cruellement blessés à l'endroit le plus
sensible, dans l'estime naïve et profonde qu'ils ont
pour eux-mêmes. A Orléans, l'invincible gendar-
merie, les fameux archers, Talbot en tête, avaient
montré le dos; à Jargeau, dans une place et derrière de bonnes murailles, ils s'étaient laissé
prendre; à Patay, ils avaient fui à toutes jambes,
fui devant une fille.... Voilà qui était dur à penser,
voilà ce que ces taciturnes Anglais ruminaient sans
cesse en eux-mêmes.... Une fille leur avait fait
peur, et il n'était pas bien sûr qu'elle ne leur fît
peur encore, tout enchaînée qu'elle était.... Non
pas elle, apparemment, mais le diable dont elle
était l'agent; ils tâchaient du moins de le croire
ainsi et de le faire croire.

A cela, il y avait pourtant une difficulté, c'est
qu'on la disait vierge, et qu'il était notoire et par-
faitement établi que le diable ne pouvait faire
pacte avec une vierge. La plus sage tête qu'eussent
les Anglais, le régent Bedford, résolut d'éclaircir
ce point; la duchesse, sa femme, envoya des ma-
trones qui déclarèrent qu'en effet elle était pucelle [1]. Cette déclaration favorable tourna justement contre elle, en donnant lieu à une autre
imagination superstitieuse. On conclut que c'était

---

1. Faut-il dire que le duc de Bedford, si généralement estimé,
comme un homme honnête et sage, « erat in quodam loco secreto
« ubi videbat Joannam visitari. » *Notices des mss.*, III, 372.

cette virginité qui faisait sa force, sa puissance; la lui ravir, c'était la désarmer, rompre le charme, la faire descendre au niveau des autres femmes.

La pauvre fille, en tel danger, n'avait eu jusquelà de défense que l'habit d'homme. Mais, chose bizarre, personne n'avait jamais voulu comprendre pourquoi elle le gardait. Ses amis, ses ennemis, tous en étaient scandalisés. Dès le commencement, elle avait été obligée de s'en expliquer aux femmes de Poitiers. Lorsqu'elle fut prise et sous la garde des dames de Luxembourg, ces bonnes dames la prièrent de se vêtir comme il convenait à une honnête fille. Les Anglaises surtout, qui ont toujours fait grand bruit de chasteté et de pudeur, devaient trouver un tel travestissement monstrueux et intolérablement indécent. La duchesse de Bedford [1] lui envoya une robe de femme, mais par qui? par un homme, par un tailleur [2]. Cet homme, hardi et familier, osa bien

---

1. Elle était sœur du duc de Bourgogne, mais elle avait adopté les habitudes anglaises. *Le Bourgeois de Paris* la montre toujours galopant derrière son mari.... « Luy et sa femme qui partout où il alloit, le suivoit. » *Journal du Bourgeois*, ann. 1428, p. 379, éd. 1827. — « Et à cette heure s'en alloit le régent et sa femme par la porte Saint-Martin, et encontrèrent la procession, dont ils tinrent moult peu de compte; car ils chevauchoient moult fort, et ceux de la procession ne purent reculer; si furent moult touillez de la boue que leurs chevaux jettoient par-devant et derrière. » *Ibidem*, ann. 1427, p. 362.

2. Il semblerait que les grandes dames se faisaient habiller par

entreprendre de lui passer la robe, et comme elle le repoussait, il mit sans façon la main sur elle, sa main de tailleur sur la main qui avait porté le drapeau de la France..., elle lui appliqua un soufflet.

Si les femmes ne comprenaient rien à cette question féminine, combien moins les prêtres?... Ils citaient le texte d'un concile du ive siècle[1], qui anathématisait ces changements d'habits. Ils ne voyaient pas que cette défense s'appliquait spécialement à une époque où l'on sortait à peine de l'impureté païenne. Les docteurs du parti de Charles VII, les apologistes de la Pucelle sont fort embarrassés de la justifier sur ce point; l'un d'eux suppose gratuitement que, dès qu'elle descend de cheval, elle reprend l'habit de femme; il avoue qu'Esther et Judith ont employé d'autres moyens plus naturels, plus féminins, pour triompher des ennemis du peuple de Dieu[2]. Ces théologiens, tout préoccupés de l'âme, semblent faire bon marché

des tailleurs : « Cuidam Joanny Symon, sutori tunicarum.... Quum « induere vellet, eam accepit dulciter per manum..., tradidit unam « alapam. » Notices des mss., III, 372.

1. Εἴ τις γυνὴ διὰ νομιζομένην ἄσκησιν μεταβάλλοιτο ἀμφίασμα, καὶ ἀντὶ τοῦ εἰωθότος γυναικείου ἀμφιάσματος, ἀνδρεῖον ἀναλάβοι, ἀνάθεμα ἔστω. Concil. Gangrense, circa annum 324, tit. XIII, apud Concil. Labbe, II, 420.

2. « Licet ornarent se cultu solemniori, ut gratius placerent his « cum quibus agere conceperunt. » (Gerson. Opera, éd. Du Pin, IV, 859.

du corps ; pourvu qu'on suive la lettre, la loi écrite, l'âme sera sauvée; que la chair devienne ce qu'elle pourra.... Il faut pardonner à une pauvre et simple fille de n'avoir pas su si bien distinguer.

C'est notre dure condition ici-bas que l'âme et le corps soient si fortement liés l'un à l'autre, que l'âme traîne cette chair, qu'elle en subisse les hasards, et qu'elle en réponde.... Cette fatalité a toujours été pesante, mais combien l'est-elle davantage, sous une loi religieuse qui ordonne d'endurer l'outrage, qui ne permet point que l'honneur en péril puisse échapper en jetant là le corps et se réfugiant dans le monde des esprits!

VI.

La mort.

Le vendredi et le samedi, l'infortunée prisonnière dépouillée de l'habit d'homme, avait bien à craindre. La nature brutale, la haine furieuse, la vengeance, tout devait pousser les lâches à la dégrader avant qu'elle pérît, à souiller ce qu'ils allaient brûler.... Ils pouvaient d'ailleurs être tentés de couvrir leur infamie d'une *raison d'État* selon les idées du temps; en lui ravissant sa virginité, on devait sans doute détruire cette puissance

occulte dont les Anglais avaient si grand' peur ;
ils reprendraient courage peut-être, s'ils savaient
qu'après tout ce n'était vraiment qu'une femme. Au
dire de son confesseur à qui elle le révéla, un
Anglais, non un soldat, mais un *gentleman,* un
lord se serait patriotiquement dévoué à cette exécution, il eût bravement entrepris de violer une
fille enchaînée, et, n'y parvenant pas, il l'aurait
chargée de coups [1].

« Quand vint le dimanche matin, jour de la Tri-
nité, et qu'elle dut se lever (comme elle l'a rapporté à celui qui parle) [2], elle dit aux Anglais, ses
gardes : « Déferrez-moi, que je puisse me lever. »
L'un d'eux ôta les habits de femme qui étaient sur
elle, vida le sac où étoit l'habit d'homme, et lui
dit : « Lève-toi. — Messieurs, dit-elle, vous savez
« qu'il m'est défendu; sans faute, je ne le pren-
« drai point. » Ce débat dura jusqu'à midi; et en-

---

1. La simple Pucelle lui révéla que.... « on l'avoit tourmentée
violentement en la prison, molestée, bastue et déchoullée, et qu'un
millourt d'Angleterre l'avoit forcée. » *Notices des mss.*, III, 497,
d'après le ms. Soubise. — Néanmoins, le même témoin dit dans
sa seconde déposition, rédigée en latin : « Eam *temptavit* vi oppri-
« mere. » (Lebrun, IV, 169.) — Ce qui fait croire que l'attentat ne
fut pas consommé, c'est que, dans ses dernières lamentations, la
Pucelle s'écriait : « .... Qu'il faille que mon corps, *net en entier,*
qui ne fut jamais corrompu, soit consumé et rendu en cendres. »
Notices des mss., III, 493.

2. Déposition de l'huissier Massieu qui la suivit jusqu'au bûcher.
Ibidem, 506.

fin, pour nécessité de corps, il fallut bien qu'elle sortît et prît cet habit. Au retour, ils ne voulurent point lui en donner d'autres, quelque supplication qu'elle fît [1]. »

Ce n'était pas au fond l'intérêt des Anglais qu'elle reprît l'habit d'homme et qu'elle annulât ainsi une rétractation si laborieusement obtenue. Mais en ce moment leur rage ne connaissait plus de bornes. Saintrailles venait de faire une tentative hardie sur Rouen [2]. C'eût été un beau coup d'enlever les juges sur leur tribunal, de mener à Poitiers Winchester et Bedford; celui-ci faillit encore être pris au retour, entre Rouen et Paris. Il n'y avait plus de sûreté pour les Anglais, tant que vivrait cette fille maudite, qui sans doute continuait ses maléfices en prison. Il fallait qu'elle pérît.

Les assesseurs, avertis à l'instant de venir au château pour voir le changement d'habit, trouvèrent dans la cour une centaine d'Anglais qui leur barrèrent le passage; pensant que ces docteurs,

---

1. N'est-il pas étonnant que MM. Lingard et Turner suppriment des détails si essentiels, qu'ils dissimulent la cause qui obligea la Pucelle à reprendre l'habit d'homme? Le catholique et le protestant ne sont ici qu'Anglais.

2. Était-il envoyé par Charles VII pour délivrer la Pucelle? rien ne l'indique. Il croyait avoir trouvé moyen de se passer d'elle; Saintrailles se faisait mener par un petit berger gascon. L'expédition manqua, et le berger fut pris. Alain Chartier, *Chroniques du roi Charles VII*, et Jean Chartier, mai 1431, éd. Godefroy, p. 47; *Journal du Bourgeois*, p. 427, éd. 1827.

s'ils entraient, pouvaient gâter tout, ils levèrent
sur eux les haches, les épées, et leur donnèrent
la chasse, en les appelant *traîtres d'Armagnaux* [1].
Cauchon, introduit à grand'peine, fit le gai pour
plaire à Warwick, et dit en riant : « Elle est
prise. »

Le lundi, il revint avec l'inquisiteur et huit assesseurs pour interroger la Pucelle et lui demander pourquoi elle avait repris cet habit. Elle ne
donna nulle excuse, mais acceptant bravement
son danger, elle dit que cet habit convenait mieux
tant qu'elle serait gardée par des hommes; que
d'ailleurs on lui avait manqué de parole. Ses saintes lui avaient dit « que c'était grand'pitié d'avoir
abjuré pour sauver sa vie. » Elle ne refusait pas
au reste de reprendre l'habit de femme. « Qu'on
me donne une prison douce et sûre [2], disait-elle,
je serai bonne et je ferai tout ce que voudra l'É-
glise. »

L'évêque, en sortant, rencontra Warwick et une
foule d'Anglais; et, pour se montrer bon Anglais,
il dit en leur langue : « Farewell, farewell. » Ce
joyeux adieu voulait dire à peu près : « Bonsoir,
bonsoir, tout est fini [3]. »

1. Déposition du notaire Manchon. *Notices des mss.*, III, 502.

2. « In loco tuto. » — Le procès-verbal y substitue : « Carcer
« graciosus. » (Lebrun, IV, 167.)

3. « *Faronnelle*, faictes bonne chière, il en est faict. » (Déposition d'Isambar.) *Notices des mss.*, III, 495.

Le mardi, les juges formèrent à l'archevêché une assemblée telle quelle d'assesseurs, dont les uns n'avaient siégé qu'aux premières séances, les autres jamais, au reste gens de toute espèce, prêtres, légistes, et jusqu'à trois médecins. Ils leur rendirent compte de ce qui s'était passé et leur demandèrent avis. L'avis, tout autre qu'on ne l'attendait, fut qu'il fallait mander encore la prisonnière et lui relire son acte d'abjuration. Il est douteux que cela fût au pouvoir des juges. Il n'y avait plus au fond ni juges, ni jugement possible, au milieu de cette rage de soldats, parmi les épées. Il fallait du sang, celui des juges peut-être n'était pas loin de couler. Ils dressèrent à la hâte une citation, pour être signifiée le lendemain à huit heures; elle ne devait plus comparaître que pour être brûlée.

Le matin, Cauchon lui envoya un confesseur, frère Martin l'Advenu, « pour lui annoncer sa mort et l'induire à pénitence.... Et quand il annonça à la pauvre femme la mort dont elle devoit mourir ce jour-là, elle commença à s'écrier douloureusement, se détendre et arracher les cheveux : « Hélas! me traite-t-on ainsi horriblement « et cruellement, qu'il faille que mon corps, net « en entier, qui ne fut jamais corrompu, soit au- « jourd'hui consumé et rendu en cendres! Ha! « ha! j'aimerois mieux être décapitée sept fois que

« d'être ainsi brûlée!... Oh! j'en appelle à Dieu,
« le grand juge, des torts et ingravances qu'on me
« fait [1] ! »

Après cette explosion de douleur, elle revint à
elle et se confessa, puis elle demanda à communier. Le frère était embarrassé; mais l'évêque consulté répondit qu'on pouvait lui donner la communion « et tout ce qu'elle demanderait. » Ainsi, au
moment même où il la jugeait hérétique relapse
et la retranchait de l'Église, il lui donnait tout ce
que l'Église donne à ses fidèles. Peut-être un dernier sentiment humain s'éleva dans le cœur du
mauvais juge, il pensa que c'était bien assez de
brûler cette pauvre créature, sans la désespérer et
la damner. Peut-être aussi le mauvais prêtre, par
une légèreté d'esprit fort, accordait-il les sacrements comme chose sans conséquence qui ne
pouvait après tout que calmer et faire taire le patient.... Au reste, on essaya d'abord de faire la
chose à petit bruit, on apporta l'eucharistie sans
étole et sans lumière. Mais le moine s'en plaignit;
et l'église de Rouen, dûment avertie, se plut à té-
moigner ce qu'elle pensait du jugement de Cauchon; elle envoya le corps du Christ avec quantité
de torches, un nombreux clergé, qui chantait des

---

1. **Déposition de Jean Toutmouillé.** *Notices des mss.*, t. III,
493.

litanies et disait le long des rues au peuple à genoux : « Priez pour elle [1]. »

Après la communion qu'elle reçut avec beaucoup de larmes, elle aperçut l'évêque et elle lui
dit ce mot : « Évêque, je meurs par vous.... » Et
encore : « Si vous m'eussiez mise aux prisons d'É-
glise et donné des gardiens ecclésiastiques, ceci
ne fût pas advenu.... C'est pourquoi j'en appelle
de vous devant Dieu [2] ! »

Puis, voyant parmi les assistants Pierre Morice,
l'un de ceux qui l'avaient prêchée, elle lui dit :
« Ah ! maître Pierre, où serai-je ce soir ? — N'a-
vez-vous pas bonne espérance au Seigneur ? — Oh !
oui, Dieu aidant, je serai en Paradis ! »

Il était neuf heures, elle fut revêtue d'habits de
femme et mise sur un chariot. A son côté, se tenait le confesseur frère Martin l'Advenu, l'huissier
Massieu était de l'autre. Le moine augustin frère
Isambart, qui avait déjà montré tant de charité et
de courage, ne voulut pas la quitter. On assure
que le misérable Loyseleur vint aussi sur la charrette et lui demanda pardon ; les Anglais l'auraient
tué sans le comte de Warwick [3].

---

1. Déposition de frère Jean de Levozoles. (Lebrun, IV, 183.)
2. Déposition de Jean Toutmouillé. *Notices des mss.*, III, 494.
3. Ceci, au reste, n'est qu'un *on dit* (audivit dici...), une circon-
stance dramatique dont la tradition populaire a peut-être orné gratuitement le récit. *Notices des mss.*, III, 488.

Jusque-là la Pucelle n'avait jamais désespéré,
sauf peut-être sa tentation pendant la semaine
sainte. Tout en disant, comme elle le dit parfois :
« Ces Anglais me feront mourir, » au fond elle
n'y croyait pas. Elle ne s'imaginait point que jamais elle pût être abandonnée. Elle avait foi dans
son Roi, dans le bon peuple de France. Elle avait
dit expressément : « Il y aura en prison ou au jugement quelque trouble, par quoi je serai délivrée.... délivrée à grande victoire [1]!... » Mais
quand le roi et le peuple lui auraient manqué,
elle avait un autre secours, tout autrement puis-
sant et certain, celui de ses amies d'en haut, des
bonnes et chères Saintes.... Lorsqu'elle assiégeait
Saint-Pierre, et que les siens l'abandonnèrent à
l'assaut, les Saintes envoyèrent une invisible armée à son aide. Comment délaisseraient-elles leur
obéissante fille; elles lui avaient tant de fois promis *salut* et *délivrance!...*

Quelles furent donc ses pensées, lorsqu'elle vit
que vraiment il fallait mourir, lorsque, montée
sur la charrette, elle s'en allait à travers une foule

---

1. **Procès français**, éd. Buchon, 1827, p. 79, III. — « An suum
« consilium dixerit sibi quod erit liberata a præsenti carcere? Res-
« pondet : « Loquamini mecum *infra tres menses....* Oportebit se-
« mel quod ego sim liberata.... » — Dominus noster non permittet
« eam venire ita basse quin habeat succursum a Deo bene cito et
« *per miraculum.* » Procès latin ms., 27 février, 17 mars 1431.

tremblante sous la garde de huit cents Anglais armés de lances et d'épées. Elle pleurait et se la-
mentait, n'accusant toutefois ni son Roi, ni ses
Saintes.... Il ne lui échappait qu'un mot : « O
Rouen, Rouen! dois-je donc mourir ici? »

Le terme du triste voyage était le Vieux-Mar-
ché, le marché au poisson. Trois échafauds avaient
été dressés. Sur l'un était la chaire épiscopale et
royale, le trône du cardinal d'Angleterre, parmi
les siéges de ses prélats. Sur l'autre devaient figurer les personnages du lugubre drame, le prédicateur, les juges et le bailli, enfin la condamnée.
On voyait à part un grand échafaud de plâtre,
chargé et surchargé de bois; on n'avait rien plaint
au bûcher, il effrayait par sa hauteur. Ce n'était
pas seulement pour rendre l'exécution plus solen-
nelle; il y avait une intention, c'était afin que, le
bûcher étant si haut échafaudé, le bourreau n'y
atteignît que par en bas, pour allumer seulement,
qu'ainsi il ne pût abréger le supplice[1], ni expédier
la patiente, comme il faisait des autres, leur faisant grâce de la flamme. Ici, il ne s'agissait pas
de frauder la justice, de donner au feu un corps

---

1. « De quoi il estoit fort marry et avoit grant compassion.... »
Ce détail et la plupart de ceux qui vont suivre, sont tirés des dépositions des témoins oculaires, Martin Ladvenu, Isambart, Toutmouillé, Manchon, Beaupère, Massieu, etc. Voy. *Notices des mss.*, III,
489–508.

mort; on voulait qu'elle fût bien réellement brûlée
vive, que placée au sommet de cette montagne de
bois, et dominant le cercle des lances et des épées,
elle pût être observée de toute la place. Lentement, longuement brûlée sous les yeux d'une
foule curieuse, il y avait lieu de croire qu'à la fin
elle laisserait surprendre quelque faiblesse, qu'il
lui échapperait quelque chose qu'on pût donner
pour un désaveu, tout au moins des mots confus
qu'on pourrait interpréter, peut-être de basses
prières, d'humiliants cris de grâce, comme d'une
femme éperdue....

Un chroniqueur, ami des Anglais, les charge ici
cruellement. Ils voulaient, si on l'en croit, que la
robe étant brûlée d'abord, la patiente restât nue,
« pour oster les doubtes du peuple; » que le feu
étant éloigné, chacun vînt la voir, « et tous les se-
crez qui povent ou doivent estre en une femme; »
et qu'après cette impudique et féroce exhibition,
« le bourrel remist le grant feu sur sa povre cha-
rogne [1].... »

L'effroyable cérémonie commença par un ser-
mon. Maître Nicolas Midy, une des lumières de
l'Université de Paris, prêcha sur ce texte édifiant :
« Quand un membre de l'Église est malade, toute
l'Église est malade. » Cette pauvre Église ne pou-

---

1. *Journal du Bourgeois*, éd. 1827, p. 424.

vait guérir qu'en se coupant un membre. Il con-
cluait par la formule : « Jeanne, *allez* en paix,
l'Église ne peut plus *te* défendre. »

Alors le juge d'Église, l'évêque de Beauvais,
l'exhorta bénignement à s'occuper de son âme et
à se rappeler tous ses méfaits, pour s'exciter à la
contrition. Les assesseurs avaient jugé qu'il était
de droit de lui relire son abjuration ; l'évêque n'en
fit rien. Il craignait des démentis, des réclama-
tions. Mais la pauvre fille ne songeait guère à chi-
caner ainsi sa vie, elle avait bien d'autres pensées.
Avant même qu'on l'eût exhortée à la contrition, elle s'était mise à genoux, invoquant Dieu,
la Vierge, saint Michel et sainte Catherine, par-
donnant à tous et demandant pardon, disant aux
assistants : « Priez pour moi!... » Elle requé-
rait surtout les prêtres de dire chacun une messe
pour son âme.... Tout cela de façon si dévote, si
humble et si touchante, que l'émotion gagnant,
personne ne put plus se contenir ; l'évêque de Beauvais se mit à pleurer, celui de Boulogne sanglo-
tait, et voilà que les Anglais eux-mêmes pleuraient
et larmoyaient aussi, Winchester comme les autres [1].

Serait-ce dans ce moment d'attendrissement uni-

---

1. « Episcopus Belvacensis flevit.... » — « Le cardinal d'Angleterre et plusieurs autres Anglois furent contraincts plourer. » *Notices des mss.*, III, 480, 496.

versel, de larmes, de contagieuse faiblesse, que
l'infortunée, amollie et redevenue simple femme,
aurait avoué qu'elle voyait bien qu'elle avait eu
tort, qu'on l'avait trompée apparemment en lui
promettant délivrance? Nous n'en pouvons trop
croire là-dessus le témoignage intéressé des Anglais [1]. Toutefois, il faudrait bien peu connaître la
nature humaine pour douter, qu'ainsi trompée
dans son espoir, elle n'ait vacillé dans sa foi.... A-
t-elle dit le mot? c'est chose incertaine; j'affirme
qu'elle l'a pensé.

Cependant les juges, un moment décontenan-
cés, s'étaient remis et raffermis; l'évêque de Beauvais, s'essuyant les yeux, se mit à lire la condamnation. Il remémora à la coupable tous ses crimes,
schisme, idôlatrie, invocation de démons, comment elle avait été admise à pénitence, et comment, « séduite par le Prince du mensonge, elle
étoit retombée, ô douleur ! *comme le chien qui re-
tourne à son vomissement....* Donc, nous pronon-
çons que vous êtes un membre pourri, et comme
tel, retranché de l'Église. Nous vous livrons à la
puissance séculière, *la priant toutefois de modérer*

---

1. L'information qu'ils firent faire sur ses prétendues rétracta-
tions n'est signée ni des témoins, devant qui elles auraient eu lieu,
ni des greffiers du procès. — Trois de ces témoins, qui furent in-
terrogés plus tard, n'en disent rien, et paraissent n'en avoir pas eu
connaissance. (L'Averdy, *ibidem*, 130, 448).

son jugement en vous évitant la mort et la mutila-
tion des membres. »

Délaissée ainsi de l'Église, elle se remit en toute
confiance à Dieu. Elle demanda la croix. Un Anglais lui passa une croix de bois, qu'il fit d'un bâton; elle ne la reçut pas moins dévotement, elle
la baisa et la mit, cette rude croix, sous ses vêtements et sur sa chair.... Mais elle aurait voulu la
croix de l'église, pour la tenir devant ses yeux
jusqu'à la mort. Le bon huissier Massieu et frère
Isambart firent tant, qu'on la lui apporta de la paroisse Saint-Sauveur. Comme elle embrassait cette
croix, et qu'Isambart l'encourageait, les Anglais
commencèrent à trouver tout cela bien long; il
devait être au moins midi; les soldats grondaient,
les capitaines disaient : « Comment! prêtres, nous
ferez-vous dîner ici?... » Alors, perdant patience
et n'attendant pas l'ordre du bailli qui seul pourtant avait autorité pour l'envoyer à la mort, ils
firent monter deux sergents pour la tirer des mains
des prêtres. Au pied du tribunal, elle fut saisie
par les hommes d'armes qui la traînèrent au bourreau, lui disant : « Fais ton office.... » Cette furie
de soldats fit horreur; plusieurs des assistants,
des juges même, s'enfuirent, pour n'en pas voir
davantage.

Quand elle se trouva en bas dans la place, entre
ces Anglais qui portaient les mains sur elle, la na-

ture pâlit et la chair se troubla ; elle cria de nouveau : « O Rouen, tu seras donc ma dernière de-
meure !... » Elle n'en dit pas plus, et *ne pécha pas
par ses lèvres*, dans ce moment même d'effroi et
de trouble....

Elle n'accusa ni son Roi, ni ses Saintes. Mais
parvenue au haut du bûcher, voyant cette grande
ville, cette foule immobile et silencieuse, elle ne
put s'empêcher de dire : « Ah ! Rouen, Rouen,
j'ai grand'peur que tu n'aies à souffrir de ma
mort ! » Celle qui avait sauvé le peuple et que le
peuple abandonnait, n'exprima en mourant (admirable douceur d'âme !) que de la compassion
pour lui....

Elle fut liée sous l'écriteau infâme, mitrée d'une
mitre où on lisait : « Hérétique, relapse, apo-
state, ydolastre.... » Et alors le bourreau mit le
feu.... Elle le vit d'en haut et poussa un cri....
Puis, comme le frère qui l'exhortait ne faisait pas
attention à la flamme, elle eut peur pour lui,
s'oubliant elle-même, et elle le fit descendre.

Ce qui prouve bien que jusque-là elle n'avait
rien rétracté expressément, c'est que ce malheureux Cauchon fut obligé (sans doute par la haute
volonté satanique qui présidait) à venir au pied du
bûcher, obligé à affronter de près la face de sa
victime, pour essayer d'en tirer quelque parole....
Il n'en obtint qu'une, désespérante. Elle lui dit

avec douceur ce qu'elle avait déjà dit : « Évêque, je meurs par vous.... Si vous m'aviez mise aux prisons d'Église, ceci ne fût pas advenu. » On avait espéré sans doute que se croyant abandonnée de son Roi, elle l'accuserait enfin et parlerait contre lui. Elle le défendit encore : « Que j'aie bien fait, que j'aie mal fait, mon Roi n'y est pour rien ; ce n'est pas lui qui m'a conseillée. »

Cependant la flamme montait.... Au moment où elle toucha, la malheureuse frémit et demanda *de l'eau* bénite ; *de l'eau*, c'était apparemment le cri de la frayeur.... Mais, se relevant aussitôt, elle ne nomma plus que Dieu, que ses anges et ses Saintes. Elle leur rendit témoignage : « Oui, mes voix étaient de Dieu, mes voix ne m'ont pas trompée [1]!... » Que toute incertitude ait cessé dans les flammes, cela nous doit faire croire qu'elle accepta la mort pour la *délivrance* promise, qu'elle n'entendit plus le *salut* au sens judaïque et matériel, comme elle avait fait jusque-là, qu'elle vit clair enfin, et que, sortant des ombres, elle obtint ce qui lui manquait encore de lumière et de sainteté.

Cette grande parole est attestée par le témoin obligé et juré de la mort, par le dominicain qui monta avec elle sur le bûcher, qu'elle en fit des-

---

1. « Quod voces quas habuerat, erant a Deo.... nec credebat per « easdem voces fuisse deceptam. » *Notices des mss.*, III, 489.

cendre, mais qui d'en bas lui parlait, l'écoutait et lui tenait la croix.

Nous avons encore un autre témoin de cette mort sainte, un témoin bien grave. Cet homme, dont l'histoire doit conserver le nom, était le moine augustin, déjà mentionné, frère Isambart de La Pierre ; dans le procès, il avait failli périr pour avoir conseillé la Pucelle, et néanmoins, quoique si bien désigné à la haine des Anglais, il voulut monter avec elle dans la charrette, lui fit venir la croix de la paroisse, l'assista parmi cette foule furieuse, et sur l'échafaud et au bûcher.

Vingt ans après, les deux religieux, simples moines, voués à la pauvreté et n'ayant rien à gagner ni à craindre en ce monde, déposent ce qu'on vient de lire : « Nous l'entendions, disent-ils, dans le feu, invoquer ses Saintes, son archange ; elle répétait le nom du Sauveur.... Enfin, laissant tomber sa tête, elle poussa un grand cri : « Jésus ! »

« Dix mille hommes pleuraient.... » Quelques Anglais seuls riaient ou tâchaient de rire. Un d'eux, des plus furieux, avait juré de mettre un fagot au bûcher ; elle expirait au moment où il le mit, il se trouva mal ; ses camarades le menèrent à une taverne pour le faire boire et reprendre ses esprits ; mais il ne pouvait se remettre : « J'ai vu, disait-il hors de lui-même, j'ai vu de sa bouche, avec le dernier soupir, s'envoler une colombe. » D'autres avaient lu dans les flammes le mot qu'elle répétait : « Jésus! » Le bourreau alla le soir trouver frère Isambart; il était tout épouvanté; il se confessa, mais il ne pouvait croire que Dieu lui pardonnât jamais.... Un secrétaire du roi d'Angleterre disait tout haut en revenant : « Nous sommes perdus, nous avons brûlé une sainte! »

FIN.

TABLE.

FIN DE LA TABLE.

Imprimerie de Ch. Lahure (ancienne maison Crapelet)
rue de Vaugirard, 9, près de l'Odéon.

Imprimerie de Ch. Lahure (ancienne maison Crapelet)
rue de Vaugirard, 9, près de l'Odéon.